雷蒙·鲁塞尔

［法］米歇尔·福柯 著

汤明洁 译

Raymond Roussel

-

Michel Foucault

目录

引言　福柯/鲁塞尔/福柯

皮埃尔·马舍雷

福柯于 1955 年至 1960 年间 ① 发现雷蒙·鲁塞尔的作品 *I*
之时，雷蒙·鲁塞尔还是一个小众、古怪的作家，只有超现
实主义者为时过早地确认他的怪诞精神、冰冷笑话、令人
狼狈的个性，以及完全出离常规的创作。这些"作品"还
没有得到任何总体研究，它们还只能在勒梅尔（Lemerre）
出版社作者自费出版的尾货中找到，直到 1963 年波韦尔
（Pauvert）出版社才将之重新收集起来，而福柯关于鲁塞
尔的书正是在这一年出版的。因此，这本书意味着发现一
位"作者"的最重要阶段：这位作者生前热烈追求的荣 *II*

---

① 福柯本人谈过在何种完全偶然的情况下，在翻阅陈列在约瑟·科尔蒂
（José Corti）书店中的书籍时，约瑟·科尔蒂曾拿福柯对这位作者的无知
来逗乐（"他对我说：'但说到底，鲁塞尔！'我明白了我应该知道谁是雷
蒙·鲁塞尔"），参见福柯与《雷蒙·鲁塞尔》美国版后记的作者 C·鲁阿
斯（C.Ruas）的对话（发表在《文学杂志》第 221 期，1985 年）。

耀只能以遗作的方式获得，而其生前除了米歇尔·莱里斯（Michel Leiris）这样几位朋友的重视外，就只有文化界（或以此著称者）多少有些玩笑和纵容的嘲讽。由此可见，福柯所做工作的巨大贡献就在于帮助鲁塞尔摆脱超现实主义者所予的声誉：这些超现实主义者以世上最好的意愿却将雷蒙·鲁塞尔边缘化，使之成为地道的现代作家 ①。值得去尝试既从鲁塞尔又从福柯的视角理解这个拯救行动如何进行、效果如何。对福柯来说，与鲁塞尔的"相遇"，对彼此都意味着自身反思中的重要一步 ②。

1963 年的福柯

福柯这本书出版于 1963 年，这一年，罗伯-格里耶（Robbe-Grillet）出版了他的研究《为新小说》(*Pour un nouveau roman*) ③，巴特出版了《论拉辛》(*Sur racine*)，随后一年，

---

① 有关这个主题，还可以参见：米歇尔·福柯，"为什么重新出版雷蒙·鲁塞尔？我们现代文学的一个先驱"，《世界报》1964 年 8 月 22 日。

② 尽管如福柯与 C·鲁阿斯的对话所强调的，这个工作在福柯思想的内部布局中的地位只有一个有所保留的地位："我与我这本关于鲁塞尔的书以及鲁塞尔本人的关系真的是非常个人的事情，但这个个人的事情给我留下了特别棒的回忆。这是一本与我的作品分开的书。我很高兴从来没有人尝试做出这样的解释：因为我写了关于疯狂的书，因为我要写关于性经验史的书，所以我写了关于鲁塞尔的书。从来没有人注意到这本书，我对此也很满意。这是我的秘密之家，一个持续了几个夏天的恋爱史。无人知晓。"

③ 福柯这本书的封底印着以下评语："在新小说的光芒下，雷蒙·鲁塞尔的影子不停扩大。"罗伯-格里耶文集自身也包含一篇题为"雷蒙·鲁塞尔之谜与通透"的文章。

巴特还出版了《批评文集》(*Essais critiques*)，这些著作发动了"新批评"的论战。1962年，德勒兹的第一本重要著作《尼采与哲学》(*Nietzsche et la philosophie*)出版，德勒兹从对立于辩证法一般精神的反黑格尔视角，开始对尼采思想进行完全重估；还有韦尔南（Vernant）的《希腊思想的诸起源》(*Les origines de la pensée grecque*)，柯瓦雷的《从封闭世界到无限天地》(*Du monde clos à l'univers infini*)，同样还有列维-斯特劳斯的《野性的思维》，这本书开启了与萨特和意识哲学的争论，标志着"结构主义"尽人皆知的诞生。福柯的《雷蒙·鲁塞尔》的出版就处于这个有诸多重大争论时期的开端，这些重大争论同时质疑现实主义叙事、主体哲学、历史进程的连续主义表征以及辩证理性等等，标志着对紧承战后之思想和写作方式的一个完全更新。为提醒起见，还可以联想阿尔都塞1965年出版的《保卫马克思》(*Pour Marx*)、拉康1966年出版的《写作集》(*Écrits*)，这两部著作追随对传统人本主义概念的批判，延续了象征性地始于1960年（即加缪之死和列维—斯特劳斯进入法兰西公学院的那一年）的运动（尽管在此之前，这个运动已经开始了一段时间）。

IV

　　这场理论革命也曾波及福柯本人，他成了这场革命随后几年的主角。福柯的第一本重要著作是其博士论文，即出版于1961年的《疯狂与非理性——古典时期疯狂史》(*Folie et déraison. Histoire de la folie à l'âge classique*)，这本著作让福柯在大学圈里广为人知：福柯学识渊博的工作是关于表面上非常专业的精神病学史领域，而福柯正是这一领域的拓荒者，福柯的这个工作完全更新了看待理性种种一般重大主题的视角，整个大学圈都为之震惊（这个词还是太弱）。但

直到五年后，随着《词与物》(*Les mots et les chose*)出版后引发的热烈讨论，福柯百分百哲学家①的头衔才开始为广大公众认知。在这本书中，判定人之历史形象即将消失的轰动宣告应该与重铸种种传统认知问题相关联，而且，这种重铸不仅存在于界限分明的"人文科学"领域——福柯表现为这一领域的"考古学家"。不过，尽管福柯认为他1963年的《雷蒙·鲁塞尔》在其研究中代表着一个完全独特的工作，但我们不可避免地会将这项工作放在某个进程内部的某个位置：这个进程将福柯从对有限要素的考问引向更为一般的考问——前者涉及在某个特定时刻，医学实证知识在异常性的基础上制造出"精神疾病"的表征，后者涉及对正常人进行实证性认知的可能性条件，以及在此之外，诸如此类知识的可能性条件，因此，也就是从考察制造异常性的条件到考察制造正常性的条件。通过（至少通过否定的方式）确认被阐释为作品之缺席的疯狂这一主题，关于雷蒙·鲁塞尔的这本书与《疯狂史》联系在一起；同时，通过反思语言问

题、反思语言用法所包含的相对于"客观"现实的根本退

---

① 不要忘了，直至1968年，福柯在大学圈一直保持着"心理学家"的标签。

雷蒙·鲁塞尔

出，这本书也以自己的方式准备着《词与物》。

除此之外，实际上福柯在 1963 年出版《雷蒙·鲁塞尔》的同时，还出版了另一本书《临床医学的诞生——医学视角的考古学》(*Naissance de la clinique. Une archéologie du regard médical*)[1]。这本书转向病理学问题，而这个问题总的来说考察的是以前与精神疾病相关的关注：它解释了有病（即被认为或自认为是病人）的事实在何种特定历史条件下与服从特殊规则的疾病话语相关联；在此基础上，它还考察了语言与死亡的关系问题，这显然对应于有关鲁塞尔的这本书中所涉及的相同主题。不过，作为福柯主要著作之一的《临床医学的诞生》有一个关于方法论的长前言，这个前言根本质疑了有关评论实践和意义预设的话语处理方式，而这种方式是以下机制的依据[2]：确认某个话语的意义从而确认某个潜在的意向性，与能否把握与此第一话语相关的另一话语相关——这种评论预设要"说"的正是第一话语已说出但又未明言的内容。但这不正是福柯自己写这本有关某个"作者"（雷蒙·鲁塞尔）的书时所做的吗？这本书不正是被带向看来统一的鲁塞尔"作品"总体，并以鲁塞尔的计划所具

---

[1] 在法国大学出版社（PUF）由乔治·康吉兰（Georges Canguilhem）主编的"盖伦"丛书中出版。

[2] 《临床医学的诞生》，法国大学出版社，1963 年，第 12—14 页。这一点后来在《话语的秩序》（伽利玛出版社，1971 年，第 23 页及其后）中又有所重申。

有的力量支撑其"作品"吗？此外，福柯只写了这一本以某个专名为题的书，他会犯下这个不可思议的差错（在他表明对评论这样的路径深刻不满之时，自己去做评论）吗？这个不可逃脱的质问至少可以启发我们以基于下列原则的模式来阅读《雷蒙·鲁塞尔》：这本书恰恰不提供按照文学批评传统形式进行的评论，而是揭示出一种性质完全不同的路径。

文学经验

为了理解福柯写作《雷蒙·鲁塞尔》这个举动的独特性质，首先需要引入一个非常重要的概念，即经验。顺便提及，这个概念通过其各种变化，可以说明福柯的整个工作，这个工作从1961年致力于疯狂之"经验"的研究开始，到1984年在一系列关于性之"经验"的出版中戛然而止 ①。在福柯的反思中，"经验"这个概念扮演的基本角色通过这个概念所完成得非常独特的功能来说明，用德勒兹的话来说，就是褶子的功能，褶子位于理论与实践、话语与

---

① "经验"这个表达不断在福柯诸文本理论历程的节点上重现，有必要列一个清单追踪这个出现。这里我们只提其中一个，即在《性经验史》第二卷开头处，当福柯回顾性地提出去理解他写真理史的计划时："这个历史不是在我们的认知中可以拥有的真的事物的历史，而是对真理诸游戏的分析，对通过真假诸游戏存在（l'être）被历史地构造为经验（即存在被历史地构造为能够和应该被思考）的这个真假诸游戏的分析"（《快感的享用》，伽利玛，1984，第12—13页）。福柯与康德的关系在德勒兹之后经常被谈及，这个关系尤其是基于这个对经验概念的用法或诸用法得以说明的。

雷蒙·鲁塞尔

机构、主观与客观、正常与病态、真与假、显露与隐藏等
等之间的交叉处：在此意义上，思考经验，就是理解它们与
非思（impensé）的关系，这个非思并不构成一个经验之外
的东西，而是代表经验回到自身、通过自我言说而自我实现
的复杂和扭曲方式。不过，在鲁塞尔的作品中也有这样一
种与经验的对质："鲁塞尔的所有作品，直至《非洲新印》
（*Nouvelles impressions*），都围绕着一个独特（我要说的是应
该强调单数）的经验：语言与一个不存在空间的关联，在事
物表面之下，这个不存在的空间将事物可见面貌的内部与不
可见核心的外围分离开来。鲁塞尔语言的任务正是在显中之
隐与塞中之明间结成的。"[①] 乍一看，我们可能会认为福柯将
这个在哲学话语与历史话语接合处发展起来的经验概念应用
在文学文本的研究上。但如果我们对此细加斟酌，就会发现
实际发生的情况正好相反：对福柯来说，文学也许是一个具
有优先性的场所，正是在文学这里，如此这般的经验状态才
发展出来；正是基于文学，诸如排斥、知识、惩罚或性这样
的其他"经验"才能（几乎按照文学模式）被思考。因此，
我们就能解释为什么福柯在他的作品中如此紧密地结合理论
工作与文学反思：既然文学是关于边缘的探索，文学就正是
通过其边缘性本身，照亮了我们实践和知识的整个历史。

　　从经验这个概念的某些先例，以及福柯对之如此独特的

① 《雷蒙·鲁塞尔》，伽利玛，1963 年，第 155 页。

使用，即可证实这个假设。首先，巴塔耶在《雷蒙·鲁塞尔》出版前一年去世，福柯 1963 年将一篇的重要文本《逾越序言》（"Préface à la transgression"）① 献给巴塔耶。不过，巴塔耶最重要的著作，也就是他（至少从哲学的视角来看）最具理论性的著作，是 1943 年的《内在经验》（*L'expérience intérieure*）。与其说这部著作叙述了一种独特并因独特性而无法沟通的经验 ②，不如说这部著作围绕一般经验的主题进行了加剧反刍，正是这个一般经验定义了思想运行中极端和或许不可能的事物；依据巴塔耶著作中一直出现的一个说法"可能之极端"，经验（基本上就是色情经验，即恶与死的经验）与经验在主权危机中（这些主权危机以强烈的震撼撕裂着实存的表面线性）行使的抗争权力是分不开的，这种不可分离性并不是永久的，而是必然断裂的。不过，这一极点（paroxysme）的典型形象，当然是巴塔耶从尼采（巴塔耶将福柯引向尼采）还有帕斯卡、陀思妥耶夫斯基和普鲁斯特那里找到的，这个极点形象主要采取文学的形式，更确切地说，是诗歌的形式——巴塔耶在这个形式中看到禁欲和过度的典型条件，而这个典型条件也是质疑所有知识和已有确定性的方式。这个本质上诗性的经验也正是福柯在鲁塞尔那里找到的经验：鲁塞尔的写作通过发现

---

① 见《批评》1963 年 8—9 月出版的致敬其创刊人的第 195—196 期。

② 正如萨特在给这本书的书评中所认为的那样，"一个新神秘主义者"[《南方手册》（*Cachiers du Sud*），1943 年，重印于《形势 I》（*Situations I*）]。

语言用法的种种边界，将语言的逾越功能赤裸裸地展现出来 ①。文学的主要角色将文学从传统美学所强加的界限中走出来，这很容易说明：通过文学，经验之结——这一似乎交汇生与死的绝对之点——变得可见了，更或是直接可读了。XII

巴塔耶在《内在经验》中多处影射了他与布朗肖的对话，而我们知道，布朗肖也是福柯的另一个重要参照。不过，布朗肖是在其他形式下发展出同样的观念，按照这一观念，文学构成一种（如同巴塔耶那里的）本质上否定性经验意义上的"经验"：这一经验的证据不在于充盈着完全呈现的、可沟通的意义，而在于这种意义的不可能和缺席。布朗肖的文本坚持不懈地反复重申：写作，不是展示或呈现，而是相反，写作必然见证消失——事物和自我在所写文字中的消失；因而，在那不能补救的保持距离的形式中，写作只能运用一切可能的方式自我依赖。布朗肖对这个主题的贡献与他解读马拉美或里尔克这样的诗人有关，这一贡献主要是：文学或写作作为否定性经验，与某个空间的打开不可分离，按照布朗肖命名其一本著作的表述，这个空间就是"文学

① "这平淡的语言，对最常使用语言微不足道的重复，在一个死亡与复活的巨大装置上铺开，这个巨大装置完全可以既让语言与之相分离，又让语言成为它的一部分。这平淡语言的根基是诗意的，因为诞生它的手法，因为这庞大的机器指明了起源与取消、清晨与死亡的无差别点。"（米歇尔·福柯，《雷蒙·鲁塞尔》，同前所引，第 64 页）。"诗歌，语言的绝对分割，它把语言重建得与其自身等同，但却在死亡的另一边"（同上，第 74 页）。

空间"①。毫无疑问，我们在此看到对海德格尔某些影响的延伸，布朗肖以特别意味深长的方式将这些影响引入法国；而且可以顺便提及，如果说是巴塔耶将福柯引向尼采，那么也可以说是布朗肖将福柯引向海德格尔，而后者是通过布朗肖对诗歌和语言的反刍完成的。所有这些反思都围绕着一个观念，这个观念的简单表述就是：语言不是一个让人上手的工具，而是一个栖居的场所、一个空间，文学通过它的种种"经验"揭示了这个空间的非客观现实。实际上，这个空间不是充盈的，尤其是它并不充盈着人以及人的种种实证设想，这个空间是完全非人的，整个不可被占用。稍晚，福柯在一篇名为《外部思想》("La pensée du dehors")的文章中向布朗肖致敬，我们可以专门读一下这一段："文学不是语言接近自身直到炽烈地表白，文学是语言远离自身；而如果在这个'外在于自我'的过程中，语言泄露了它自身的存在，这种主权式的明晰揭示了某种间距而不是皱褶，揭示了

某种散布而不是符号对自身的回归。"②与此同时，一致与亲近的神话也撤退了："也许正因此，西方反思长久以来都对思考语言存在犹豫不决，就好像它已经预感到让语言的赤裸经验在'我在'的明见性上奔流的危险。"③福柯稍后又回到这一点，他提出这样的质问："在人们说话及其话语无限增

---

① 莫里斯·布朗肖，《文学空间》，伽利玛，1955 年。
② 米歇尔·福柯，《外部思想》，载于《批评》1966 年第 229 期，第 524 页。
③ 同上，第 125 页。

衍的事实中，到底是什么如此有害？因此，危险在哪里？"①

所以，与其说文学是一种审美表达形式，不如说它首先表现为某种经验场地，一种场所、一种空间，在此应该实现一种思想经验，这种思想经验与关涉语言存在的考察一致。福柯阅读雷蒙·鲁塞尔，并试图从其"独特经验"中得出某种教导，福柯由此追随的正是这种经验："语言与一个不存在空间的关联，在事物表面之下，这个不存在的空间将事物可见面貌的内部与不可见核心的外围分离开来。"② 我们已经引用过的这句话现在获得了它的全部意义：这句话清楚地表明了巴塔耶和布朗肖所肯定的那种迫切需要，即彻底严肃地对待文学，让文学走出在传统中所依附的那个艺术的领域，并使文学成为思想的一个典型形式。但我们必须立刻去追问：鲁塞尔在此极尽荒诞地用孩子气的同音异义词、无关紧要的语词游戏——而我们似乎很难将这与严肃思想相提并论（我们几乎要说很难将其归入严肃思想）——，到底要做什么？

雷蒙·鲁塞尔的不同形象

福柯自己曾谈到他如何"遇到"鲁塞尔：纯属偶然 ③。但这一叙述本身也不能完全逃脱虚构的法则，无论如何，这

---

① 米歇尔·福柯，《话语的秩序》，同前所引，第10页。
② 米歇尔·福柯，《雷蒙·鲁塞尔》，同前所引，第155页。
③ 参见与鲁阿斯的对话。

一叙述不能回答下面这个问题：福柯遇到的是哪一个鲁塞尔？因为这位作家表面上如此简单，甚至就在我们相信他在某种意义上有点贫乏的时候，他又会在我们的考察中显露出极端的复杂、多样和千变万化。我们尝试将其中的某些形象分门别类，以便能够首先辨别出那些福柯有意排除的形象。

第一个形象可以说就是与人物最为紧密地如影相随的形象，即精神病学家皮埃尔·让内（Pierre Janet）认识到的形象：让内专业地跟踪了鲁塞尔的个人"案例"，并以实例为名将之收入其理论著作之一《从焦虑到狂喜》（*De l'angoisse à l'extase*）。鲁塞尔曾如此渴望这个他自认为被不公正地剥夺了的承认，以至于他在《我如何写作我的某些书》（*Comment j'ai écrit certains de mes livres*）中记录了让内给他的种种评论。福柯的《雷蒙·鲁塞尔》最后一章就是从这个追忆开始的："让内说，这是个可怜的微不足道的病人。"[①] 但这是为了让这一评价的参考价值相对化，福柯认为这个评价无关紧要：如果让内所关注的焦虑与我们有关，那也是因为这个焦虑不能归结为一个以第一人称经历的、同时在医学知识的实证性中被展现为客观的主观经验，这个焦虑表现为"一种对语言本身的不安"，借此，"鲁塞尔的'非理性'（déraison），他那些可笑的语词游戏，他着魔般的应用，他那些荒唐的发明，也许都在与我们世界的

---

① 米歇尔·福柯，《雷蒙·鲁塞尔》，同前所引，第195页。

理性进行着交流。"① 我们可以这样理解：鲁塞尔的疯狂只有在它表现为也是我们的疯狂——这种疯狂不是来自我们自身深处，而是来自我们所属的世界，来自我们与之维持的反常（perverse）沟通形式——，这种疯狂才言说，才对我们言说。这相当于对福柯这本书的一个消极使用模式，即完全排除"可怜的微不足道的病人"这种情况。也正因此，福柯的《雷蒙·鲁塞尔》不应被当作《疯狂史》的一个长篇附录（仅因其长度才单独出版）来阅读，它不再通过呈现疯狂的现代医疗化受害者的不幸故事来描绘一组一般性的主题。

鲁塞尔的另一个形象引起了超现实主义圈的注意，主要是布勒东（Breton）：这不再是病人的形象，而是魔法师的形象，魔法师的荒诞创造打开了梦以及更一般想象的去物质化世界的入口。顺着这个思路，在布勒东献给鲁塞尔的一篇文章中，我们读到"黑格尔断言审美愉悦只依赖于'想象出场的方式且想象只让自身出现'，这个断言唤起和宣告的不过是鲁塞尔的作品。"② 但布勒东还推论，魔力

XVIII

① 米歇尔·福柯，《雷蒙·鲁塞尔》，同前所引，第 209 页。
② 安德烈·布勒东（André Breton），《回力墙—弯道》[有关让·费里（Jean Ferry）对雷蒙·鲁塞尔的一个研究]。这个 1948 年的研究在《田野之匙》（*La clé des champs*）[萨基泰尔（Sagittaire）出版社，1953 年，第 186—187 页] 中再版。（让·费里是法国电影编剧和作家，雷蒙·鲁塞尔的注释者，出版商兼作家约瑟·科尔蒂的侄子。安德烈·布勒东是法国作家及诗人，为超现实主义的创始人。其最著名的作品是 1924 年发表的《超现实主义宣言》，他在其中将超现实主义定义为"纯粹的精神自动"。——译注）

引言　福柯/鲁塞尔/福柯　　　　　　　　　　　　　13

（enchantement）因是某种奥义传授仪式（initiation）的产物这一事实而得以说明：所以，布勒东结合福勒卡内尼①的启示和塔罗牌的符号，重构了如此这般"语词炼金术"所需要的奇怪组合，竭力将秘传的阐释模式投射到鲁塞尔的文本上。我们看到，对鲁塞尔的这一整个解读转向了围绕隐秘主题及其可能的揭示形式。在这本书开头，福柯在做了简要概述之后，也评论了布勒东的路径："人们非常希望：事情能够离奇地简单化，作品重新封闭于某个秘密，仅是对秘密的禁忌就指出了秘密的实存、性质、内容和必要的仪式；而与这样的秘密相比，鲁塞尔的所有文本则相当善于修辞，可以向懂得阅读这些文本所言的人作以揭示，而这种揭示是通过一个简单的、不可思议的慷慨之举，即这些文本不透露秘密。"②福柯的这些尖锐讽刺清楚地表明他对布勒东的种种假设不太看重，对福柯来说，把布勒东的假设置于"评论"及其胡扯性质的自负范畴里是恰到好处的。

　　鲁塞尔还显现为另一种形象，这个形象是由也许最了解和理解鲁塞尔的米歇尔·莱里斯所描绘的。莱里斯对认识鲁塞尔的贡献是本质性的，因为这不是来自某个仅仅考虑鲁塞

———————

① Fulcanelli（1877—？），19世纪后期一个法国炼金术士。传说他深爱的一个学生 Eugene Canseliet 成功地将100克的石墨转化成黄金，而其中转化的关键就是这个学生用到了少量他的老师给他的所谓"投射粉"。——译注

② 米歇尔·福柯，《雷蒙·鲁塞尔》，同前所引，第18页。

尔作品或人格的见证人或阐释者，而是来自一个自身也在类似鲁塞尔所探索的道路上工作的人：这就是努力转换日常语言序列（séquences）所提供的材料，让崭新的现实以其自身的维度从这些日常语言中走出来，在莱里斯那里，这个维度更多是时间上的而不是空间上的。然而，这种努力的价值实际上在于这些材料的意指（signification）完全在自身，不涉及任何仅仅用这些材料作为指示器的含义（sens）深度：并没有为实现写作活动而备用的二级语言，这也是为什么只要写作坚持严格观察"游戏规则"，就能理所当然地成为支配者；而莱里斯用"游戏规则"这个表达来题名其自传性概论，就如同致敬鲁塞尔的回响。因此，莱里斯的路径与传宗奥义的神秘主义背道而驰，但与此同时也拒绝了哲学阐释的尝试——哲学阐释企图让语词的简单游戏过度负载，叠加过度的尤其是外在的意图，从而取消语词游戏的纯粹价值，这使哲学阐释备受质疑。莱里斯在 1985 年的一个访谈中宣称："激怒我的正是人们归诸于他的一切，他并没有这种清醒，他没有哲学计划。他就是天真（并无贬义）……如今，有人以颂扬为借口贬低他，要拿走这个他曾拥有的不可思议的天真。"① 莱里斯这里想到的当然就是福柯。因而，按照这一立场的逻辑中，莱里斯将他献给鲁塞尔的文集命名为

XX

① 米歇尔·莱里斯，《关于雷蒙·鲁塞尔的对话》(载于《漫步者》1986 年 10 月，第 L 期)，再版于《天真者鲁塞尔》，Fata Morgana 出版社，1987 年，第 96 页。

《天真者鲁塞尔》(*Roussel l'ingénu*)。

　　然而，对于福柯来说，鲁塞尔既不是病人，也不是神秘人，更不是天真者。况且，当莱里斯谈到天真，这显然不是把鲁塞尔乔装成唱诗班的孩子，或是把他当作某种卢梭式的文学关税员，而是为了更好地突出鲁塞尔的作家身份，即倾其一生致力于直接介入语词的工作，没有任何其他目的，正如我们刚才指出的，这个活动应该是完全自足的。但依福柯看来，鲁塞尔恰恰要逃脱封闭于纯粹写作的秩序，这样的路径仍然束缚于作家神话，束缚于作家对直接展现在其作品之上的身份的寻求。在关于鲁塞尔的书中，福柯与无法回避的莱里斯相遇，那是为了向"他令人赞赏的**游戏规则**"致敬，也是为了强调相对于鲁塞尔的经验，莱里斯的经验"既是对立的又是邻近的（同一个游戏，不同的规则）"；显然，这个差异不单单是形式上的，而是关涉这两位作家的路径核心：一个仍然是"作者"，"在某种真理取之不尽用之不竭的变动充盈中"，寻求语词带给他的"绝对记忆"；而另一个则反过来在其中寻求自我遗忘和消失，"以便在其中找到一个令人窒息的空无、一个存在的严峻缺席，他就能以完全主权予以支配"① 因此，从福柯的角度来看，在莱里斯欢天喜地的寻觅中，在那些给予支撑或合法地位的迷恋形式中，仍有某种过于艺术性的事物。

XXI

---

① 米歇尔·福柯，《雷蒙·鲁塞尔》，同前所引，第28—29页。

让我们冒险提出这样的假设：在鲁塞尔那里，强烈吸引福柯以至于促使福柯为之贡献一整部著作的，正是鲁塞尔^{XXII}自我强加的这个完全自律，在这个自律中，盲目和清醒似乎在固执、过度和出格中自行结合。那么，让内所关注的强迫症、布勒东所清点的微妙仪式以及莱里斯自己察觉到的作家孤独，所有这一切汇聚并吸纳在一个极端的实存形式中：孩童、纨绔子弟、文学疯子的种种形象都建立在巴勒莫（Palerme）之死的形象之上，福柯这本书也正是从追忆这个形象开始。① 这才是福柯青睐的鲁塞尔形象。② 正是这个形象，将一个特别古怪生命的极端个人化切换到思想之绝对经验的固有匿名之中。而这个形象召唤着福柯后来谓为"实存之风格化"的计划，在这个计划中，真理的愉悦与绝对危险的体验不可分离：通过写作，鲁塞尔游戏自己的生命本身，直至以失去生命告终。

因此，在思想者这个术语所具有的主体意义上，鲁塞尔当然不是思想者，在此意义上，莱里斯完全有理由强调鲁塞尔的天真。但在鲁塞尔作为写作主体的道路上，一种令人困

---

① 关于鲁塞尔 1933 年在巴勒莫棕榈酒店的死亡，关于意大利法西斯警察归为自杀的调查细节，需要去读弗朗索瓦·卡拉代克（François Caradec）的《雷蒙·鲁塞尔的生活》(让-雅克·波韦尔出版社，1972 年），以及列昂纳多·夏夏（Leonardo Sciascia）时隔四十多年后经过细致入微的实地复核调查后的叙述。

② 顺便提及，福柯这本书对鲁塞尔的同性恋没有丝毫影射。那些试图从同性恋这一点证明福柯对鲁塞尔感兴趣的"评论者"因此可以作罢。

扰的思想曾栖息、萦绕、纠缠于他，鲁塞尔在某种程度上让自己成为这个思想的演员或脚夫。福柯试图在他的书中从这个思想所发现的空间里展现这个思想，这个空间就是语言空间。

语言的诸游戏

鲁塞尔最知名的书是他留在身后出版的《我如何写作我的某些书》，于是，要读到这本书就必然依赖于他的死亡。这本书特别引人注目之处在于它表现为对某个秘密的揭示（在书名中即如此），这个秘密首先就是制作法的秘密。鲁塞尔的诗意生产实际上与某个"手法"（procédé）的应用有关；这个手法包括直接介入语词的能指物质，在严格意义上的所指秩序中，这个能指物质先于并支配语词的虚构布局。我们看到鲁塞尔从这个简单的想法出发获取了种种极端复杂的效果，人们为他由此激起的种种奇特意象（visions）惊愕不已；就像鲁塞尔的重要典范儒勒·凡尔纳一样，这些意象似乎露出种种新世界的图景（image）。所以鲁塞尔首先是一个把语言当作仪器来操纵的人，这个仪器就像《独地》（*Locus solus*）中所描绘的传奇机器。鲁塞尔方法的所有暧昧之处在于：一方面，这个方法在实际使用语言的时候是基于最机械（就词的本意来说）的东西，所以我们理解布勒东为什么对这些自动作用的运作如此感兴趣；但与此同时，这个方法也让这同一语言成为某种看来是审慎诡

雷蒙·鲁塞尔

计的实施场所，即便这诡计的关键在于种种粗糙双关的拼接，并显得十足可笑。鲁塞尔"游戏"的天真就处在那种难以察觉又相当可观的间距之中，这种间距将机械事物（le machinal）从机械化事物（le machiné）中分离开来，正是在由此打开的裂缝中，鲁塞尔投入了自己的整个实存。

因此，我们明白鲁塞尔在交出他的秘密之时，实际上又提出了一个新谜，这个新谜导致新的追问，这一次是追问其秘密的秘密："加倍[①] 的秘密：因为，作品庄严的终极形式，以及作品为了在死期降临之时才到来而在作品中一直推延所花费的精力，将作品所昭示的这个手法转变成谜。"[②] 而且，不是鲁塞尔的所有作品都能一概归诸"手法"机制：带有手法的作品（《非洲印》《独地》）接近其他（鲁塞尔坚决强调）不体现（同样）手法的作品 [《衬里》(La doublure)、《视野》(La vue)]，而阅读后者产生的效果具有与前者可比拟甚至也许还更强的奇特性。因此，秘密的秘密就是根本没有秘密，甚或秘密毫不隐藏——就在揭示秘密之时，秘密嘲弄人的特征直接扑面而来："隐藏在揭示中的语言仅仅揭示出在此之外再无语言，在揭示中默默言说的已然是沉默。"[③] 因

---

① 福柯的原文为 redoublé（加倍），此处马舍雷的引文为 redoutable（令人生畏的）。此处译文按照原文处理。——译注
② 米歇尔·福柯，《雷蒙·鲁塞尔》，同前所引，第 8 页。
③ 同上，第 87 页。

此，手法由其自我加强的"不可见的不可见性"^①表明：没有作为初级语言之镜像真相的二级语言，语言的真相已经由语言完全把握在其本身之中，也就是把握在其无限的增衍之中："每个语词都被一个二级语词（这个词或那个词，或者既非此亦非彼，而是第三个词，或无）存在的可能性同时激活和毁灭、充满和掏空。"^②昭然为这句话装填分量或空无的正是这个"或无"。

鲁塞尔的语言游戏因而展示了这些游戏的本质特征：它们不是仅仅用语言进行的游戏，即简单的操纵^③，而是语言本身的游戏，即在游戏的概念与间距的概念契合的意义上，这个语言本身就是在语言上的语言游戏。确切地说，语言用法的诗意形式将语言与自身拉开距离，语言"进行游戏（joue）"：在如此揭示出来的深渊中，在语言的核心之处，栖居的不是隐藏含义的充盈，而是构成语言真相本身的东西，即语言的空无，或者如果我们愿意，也可以说是语

---

① 这个表达在福柯笔下重现了两次，参见同上，第 77 页和第 85 页。

② 同上，第 20 页——福柯足够坚持这些表述，以至于甚至在这本书出版之前，就在一篇名为《在雷蒙·鲁塞尔那里说与看》[载于《开放文字》（*Lettre ouverte*），1962 年夏第 4 期] 的文章中重复了这些表述，福柯在这篇文章中强调了作品的独特性："它强加的不安是无定形的、有分歧的、离心的，不是朝向秘密最迟疑不决的部分，而是朝向诸形式最可见的拆分和转化；每个语词都被一个二级语词（这个词或那个词，或者既非此亦非彼，而是第三个词，或无）存在的可能性同时激活和毁灭、充满和掏空。"

③ "他非常清楚我们永远也不会绝对拥有语言。而语言在其重复和拆分中扮演着言说的主体。"（米歇尔·福柯，《雷蒙·鲁塞尔》，同前所引，第 45 页）。

言的假装（facticité）。这就是福柯所谓"语言的存在论缝隙"①："一个诞生重复的昏暗机器，并由此挖出一个吞没存在的空无，在这个空无里，语词加速追逐事物，而语言则朝着这中心的缺席无限坍塌。"② 语言游戏从而指出了否定存在论所言何在：当语言解除了使之成为单一含义承载者的阐释学幻象之后，就在表征成为否定性表征的情况下，如同被赋予了某种加强的表征力量：最大限度的语言非但没有照原样复制最大限度的事物，而且语言在其秩序内部挖掘出的这个空间还宣告了语言也会投射到事物中的空无。我们看到：鲁塞尔所主导的经验不是要给出通往奇观世界和超越现实世界大门的钥匙，而是要让人明白如果这扇大门存在，如果这扇大门能够打开，这扇大门面向的除了关闭大门的加倍秘密之外别无其他，而这个加倍的秘密就是死亡。

　　因为在福柯眼里，最终，这就是鲁塞尔在其非凡的完美中所追求和完成的文学经验的最后遗言③："鲁塞尔发明了种种语言机器，这些语言机器也许在手法之外没有别的秘

---

① "他非常清楚我们永远也不会绝对拥有语言。而语言在其重复和拆分中扮演着言说的主体。"（米歇尔·福柯，《雷蒙·鲁塞尔》，同前所引，第 176 页）。

② 同上，第 175 页。

③ 关于福柯的《雷蒙·鲁塞尔》中文学与死亡之关系的主题，可阅读 1988 年研讨会（《哲学家米歇尔·福柯》，色伊出版社，"研究"丛书，1989）文书中雷蒙·贝卢尔（Raymond Bellour）的发言《朝向虚构》（*Vers la fiction*）、丹尼斯·奥利耶（Denis Hollier）的发言《上帝之词：我死了》；也可参见皮埃尔·马舍雷，《文学在思考什么？》（法国大学出版社，1990 年），第九章："鲁塞尔的解读者福柯：作为哲学的文学"。

密，除了所有语言与死亡所具有的那种保持、解开、收回和无限重复的可见和深刻关系"① 当福柯在《词与物》的结论处回到阅读鲁塞尔所得到的教诲时，福柯实际上使用了相同的说法："在鲁塞尔那里，语言被系统性安排的偶然化为粉末，无限地诉说着死亡的重复和拆除了起源的谜语。"② 鲁塞尔付出生命的死亡写作，就像是为了更好地与作品结为一体。③

福柯并不想用鲁塞尔的疯狂来解释鲁塞尔的作品，这是为了排除作者与其作品之间的镜像反射效果，后者的情况就好像是作者在作品之外，在一条不可见之线的另一端，作者需要穿过这条线才能在作品中反映自身。但福柯方法的意义更在于让疯狂进入作品本身：与其说鲁塞尔是具有文学天赋的疯子，不如说鲁塞尔就是文学疯狂本身，他将这样一种"经验"推至极端，直至使之与自身的死亡重合。但这个

XXVIII

XXIX

---

① 米歇尔·福柯，《雷蒙·鲁塞尔》，同前所引，第71页。[引文中少了原文的"无限重复"（indéfiniment répète），此处按照福柯原文呈现。——译注]
② 米歇尔·福柯，《词与物》，伽利玛，1966年，第395页。
③ 也许正是应该在这个意义上来理解福柯与C.鲁阿斯对话中的那个令人震惊的声明："我认为最好试着设想：实际上，某人是作家，他不仅在他的书中、在他的发表中成就他的作品，他的主要作品归根结底是写作这些书的他自己。这个从他自己到他的书、从他的生命到他的书的关系才是他的活动和作品的中心点和策源地。一个个体的私生活、其性选择及其作品是相互关联的。不是因为作品表达了他的性生活，而是因为作品包括文本也同样包括生活。作品多于作品：写作的主体是作品的一部分。"在鲁塞尔的具体例子中，生命只有相对于死亡才能够被理解。

体的死亡大概也对应于语言的最初涌现，个体的死亡揭示语言的最初涌现。关于卢梭这个写作的又一个另类，福柯在出版《雷蒙·鲁塞尔》前一年写道："必须将语言从作品中区分出来：语言在作品本身之外，它是作品所向、作品所言；但语言又在作品本身这边，作品正是基于语言来言说的。对于这个语言，我们不能使用正常与病态、疯狂与谵妄的范畴，因为这个语言是初始的跨越、纯粹的逾越。"①正是像让内这样的心理学家，在完全相反的方向上，假装从作品中提取了不过是症状的疯狂，就好像可以从这个症状中得出疯狂本身，就好像作品可以与栖居于作品的疯狂分离，甚或作品缺了疯狂也是完全可读的。这就是"疯狂，作品的缺席"这个著名表达最终应有的意思：不是疯狂产生作品，而是在作品符合某种真相经验的情况下，作品在自身中排斥自身，从而与疯狂建立了必然和矛盾的关系，作品在自身本质中见证了疯狂。福柯的《雷蒙·鲁塞尔》正是在此之上完成的："语言难道不就是疯狂与作品在其中相互排斥的那个空无和充盈、不可见和不可避免的场所吗？……鲁塞尔的语言空间，他言之所由的空无，作品与疯狂借以相互沟通和排斥的缺席。"②

XXX

---

① 米歇尔·福柯，《卢梭评判让-雅克》(*Rousseau juge de Jean-Jacques*) 再版导言，Armand Colin 出版社，1962 年。
② 米歇尔·福柯，《雷蒙·鲁塞尔》，同前所引，第 205—207 页。

第一章　门槛与钥匙

　　我们得到的作品在最后一刻，被一个负责解释如何的话语一分为二……这句"我如何写作我的某些书"在一切写作完毕之时揭示了自身，它与在其自身装置中发现的作品之间有一种奇特的关系，它为作品重新覆盖了一个匆忙、谦逊和细致的自传性叙事。

　　表面上，鲁塞尔尊重时间顺序：他遵循从年轻时代叙事到刚刚出版的《非洲新印》① 所具有的主线来解释他的作品。但话语分布及其内在空间则是反向的：在大号字的近景上，是组织种种最初文本的手法；然后，在更为紧挨的层级上，是《非洲印》(*Impression d'Afrique*) 的机制；随后，是《独地》的机制，几乎没有明示。在远景上，语言随时间而消逝，近期的文本 [《太阳粉尘》(*Poussière de Soleils*) 和

---

① 福柯将鲁塞尔的《非洲新印》(*Nouvelles Impressions d'Afrique*) 简写作《新印》(*Nouvelles Impressions*)，《非洲印》(*Impressions d'Afrique*) 简写作《印》(*Impressions*)，译文全部使用原书的全名。——译注

《额头上的星星》（*l'Étoile au Front*）〕就只是一个点。《非洲新印》则已在天空另一边，我们只能通过其所不是来定位它。这个"揭示"的深层几何颠覆了时间的三角。借由一个完全的旋转，邻近的变成最远的。就好像鲁塞尔只能在迷宫的开始几个迂回中才能扮演向导的角色，而一旦行进到接近他自己作为中心的点时，他就放弃向导的角色，让线索处于最混乱——在哪儿，谁知道？——和最简单的样子。在死亡时刻，鲁塞尔以一个定义不清的启示和预警动作，向他的作品递出一面镜子，并摆在作品面前，这面镜子具有某种奇怪的魔法：它将中心形象推向变模糊的字里行间深处，让进行揭示的位置后退到最远处；但就像为了最极端的近视者，他又拉近与作品言说时刻距离最远的事物。随着作品不断靠近自身，作品浓稠成了秘密。

加倍的秘密：因为，作品庄严的终极形式，以及作品为了在死期降临之时才到来而在作品中一直推延所花费的精力，将作品所昭示的这个手法转变成谜。《我如何写作我的某些书》小心翼翼地排除了抒情（鲁塞尔引用让内的话来谈论他可能是生命之结的经验，表明了这个排除的严格）；在死亡保留和发布的这个秘密的奇怪形象中，我们发现了一些情况、隐情之点，无论如何，某些事情绝对吐露出来了。"在别无更好选择的情况下，我躲在某个希望中，即我也许会在我的书中获得一点身后的绽放。"鲁塞尔置于其最后和启示性作品首位的这个"如何"，不仅将我们引入他语言的秘密之中，还将我们引入他与这样一个秘密之间关系的秘密中，这不是为了在其中引导我们，正相反，是为了将我们置于无能为力且绝对尴尬的境地——这涉及确定保持秘密的这个缄默形式，秘密就保持在这个突然被解开的保留之中。

第一句话："我总是企图解释我以什么方式写作我的某些书"，这句话相当清晰地表明：这些关系既不是偶然的也不是最后一刻建立的，它们已经是作品本身的一部分，是其意图中最为持久、最为隐匿的一部分。由于这最后一刻和最初计划的揭示现在构成了不可避免且模糊的门槛——以结束作品的方式入门作品，毫无疑问，这个揭示在愚弄我们：给出一把解除游戏之钥匙的同时，设计了第二个难解之谜。这个揭示要求我们为阅读作品要具备不安意识：不能在其中休憩的意识，因为秘密不能像在鲁塞尔如此喜爱的谜语或字谜中那样去发现；对于在游戏结束之前就哑口无言的读者，秘密才会得到细致地拆解。但正是鲁塞尔让他的读者哑口无言，鲁塞尔迫使他的读者去认识他们无法辨认的秘密，迫使他们感到走入某种漂浮、匿名、被给予又被抽离且永远也不能完全证明的秘密：如果鲁塞尔自愿说有秘密，我们可以假设通过说有秘密并说出何为秘密，他实际上已经将这个秘密彻底消除了，或者，我们还可以假设通过让秘密及其消除的根源保持为秘密，他实际上岔开、追逐并增衍了秘密。在此，决定的不可能性不仅让关于鲁塞尔的所有言论都有弄错的共同风险，还使这些言论伴随着更为精炼的风险：存

　　　　　　　　　　　　　　　雷蒙·鲁塞尔

在。而弄错与其说是因为秘密，不如说是因为认为有秘密的意识。

1932 年，鲁塞尔曾给印刷商寄过一部分文本，这些文本在其死后成为《我如何写作我的某些书》。当时说好这些篇章不得在其生前面世。但这些篇章没有在等待鲁塞尔的死亡，更确切地说，这些篇章安排了他的死亡，他的死亡可能与这些篇章所承载的揭示之迫切要求相关。1933 年 5 月 30 日，当鲁塞尔明确安排完这部著作之时，他早就准备好不再回巴黎。6 月，他在巴勒莫落脚，每日吸毒并处于巨大的欣快状态。他试图自杀或让自己死，就好像现在他已经抓住了"那过去所害怕的死亡味道"。那天早上，他本该离开酒店去克罗伊茨林根（Kreuzlingen）做戒毒治疗，可人们再见他时他已经死了；尽管鲁塞尔十分虚弱，他还是步履艰难地用床垫抵住通向夏洛特·杜弗兰（Charlotte Dufresne）房间的通道之门。这扇门原本是一直敞开的，人们发现此时却被钥匙锁闭。死亡、门锁和这个关闭的开口，在此刻且也许是永远，形成了一个谜一样的三角，在这个三角中，鲁塞尔的作品既交给了我们，又拒绝了我们。我们从其语言中所能领会到的事物是基于某个门槛表达出来的，这个门槛的入口与构成防御的事物不可分割——入口和防御本身是等同的，那么这个不可辩读的动作意味着什么？释放这长期畏惧而又突然欲求的死亡？或许也是重新找到一种生命？他曾经热切希望摆脱这个生命，但又长期梦想通过作品且就在作品本身中，通过细致、虚幻和不知疲劳的仪器而无限投入这个生命。除了在此纹丝不动、完全抵住了门的最后文本，现在还有其他钥匙吗？这是在给出打开的信号？还是关闭的动作？拿着一把简单的钥匙，非常模棱两可，适宜地转上一圈，可那是上锁还是摆脱？小心地再把死亡关闭起来，没有侵犯的可能？从鲁塞尔 19 岁以来目眩的记忆就从未离开过他，他尝试过重新找到明晰，却总是落空，也许这一晚例外，这目眩或许超越死亡得到了传递？

鲁塞尔的语言极其精确，他出人意料地说《我如何写作我的某些书》涉及的是一个"秘密和身后"的文本。秘密连死亡都不放过，在这明显的意味下，他也许想说好几件事情：死亡隶属于秘密的典礼，死亡是为秘密准备的门槛、庄严期限；也许直至死亡秘密还是秘密，秘密在死亡中找到了一个曲折通道的额外救援——"身后"用秘密自身增衍"秘密"，并将之纳入终决；或者比死亡揭示出有秘密还要好，死亡不指出秘密所隐藏的事物，而是指出使秘密晦暗和不可打破的事物；秘密只有被揭露为秘密，赋予了修饰语，维持着实体性，才能保持为秘密。而我们手里实际上只有一把本身上了锁的钥匙，它顽固地、追问式地泄露秘密——解密和加密的密码。

《我如何写作我的某些书》承诺揭示，可它隐藏的与揭露的一样多甚至更多。这本书只提供记忆灾难中的残骸，鲁塞尔说，这灾难使人不得不"设置悬搁点"。但这个空白又是如此普遍，它还只是另一个空白旁的一个表面意外，这另一个空白更为根本，一整个系列作品毫无注解的简单排斥就专横地表明了这个空白。"不用说，我的其他书《衬里》《视野》和《非洲新印》，都与手法绝对无关。"三个诗意文本《不可安慰》（*L'Inconsolable*）、《纸板头》（*Les Têtes de carton*）以及鲁塞尔写的第一首诗《我的灵魂》（*Mon âme*）也是在秘密之外的。这种保持距离，以及这种满足于点到为止而毫不解释的沉默，又是什么秘密可以囊括的呢？这些作品是否隐藏了另一（或同一）性质的钥匙，但这钥匙又被加倍隐藏直至否认自身的实存？或许，有一把普适的钥匙，它依据一个特别沉默的法则，同时揭示着由鲁塞尔解密的加密作品和密码就是没有明显密码的加密作品。钥匙的承诺，从给出承诺的表达开始，就在回避其所承诺的东西，甚或将之发诸其本身所能给出的事物之外，发诸鲁塞尔所有语言所追问的事物。

指定用于"解释"的这个文本有着奇怪的力量。它的身份，它涌现和它让人看到它所指出之物的位置，它铺展所至的边界，它同时支撑和侵蚀的空间，都显得如此可疑，在最初的目眩之中，它仅有一个效果：宣扬怀疑，通过审慎的遗漏，将怀疑拓展到没有理由怀疑之处，将怀疑慢慢插入应该可以防止怀疑的事物中，直至将怀疑竖立在怀疑本身所扎根的紧实土壤之中。无论如何，《我如何写作我的某些书》仅是"他那些"书中的一本：揭示了秘密的文本，难道没有它自己的秘密吗？这个文本带给其他作品的光明同时照亮和遮蔽着它自己的秘密。

针对这个一般化的冒险，我们可以根据鲁塞尔作品（无论如何，它难道不就是秘密的秘密？）给出的模式设想出多种花样（figures）。有可能在最后的文本所揭示的手法之下，另一种法则建立了更为隐秘的统治、一种完全出乎意料的形式。这另一种法则的结构确切说就是《非洲印》或《独地》的结构：**无与伦比者**（Incomparables）露天舞台上布置的场景，或者马歇尔·康特莱尔（Martial Canterel）花园中的装置，它们在叙事（事件、传奇、记忆或书本）中都有一个证明叙事中各种情节正当性的表面解释；但真正的钥匙（或者不管怎么说，另一把更深层次的钥匙），则会按照文本的整个篇幅打开文本，并在如此多的奇观下，揭示种种随兴而来的句子里那暗哑的语音炸裂。毕竟，整个作品可能都是以此模式构造的：《我如何写作我的某些书》扮演着与《非洲印》第二部分或《独地》的解释性段落相同的角色，以揭示为借口，隐藏语言迸发所缘出的地下真正力量。

还有可能《我如何写作我的某些书》的揭示只有预备教育的价值，它形成了某种有益健康的谎言，——局部的真相仅仅指出必须到更远的地方、在更深的长廊中寻找；因此，作品就是在整个秘密的阶梯上建构起来的，这些秘密相通，但谁也没有普遍或绝对的解救价值。这最后的文本在最后一刻给出一把钥匙，就好像带着双重功能第一次返回作

品：在最外部的建筑中打开某些文本，但又指明仅对这些
文本有效；而对于其他文本，则有另一套钥匙，每把只能打
开它自己的盒子，而那把最小、最珍贵、保护得更好的钥匙
并不在其中。这种打包的花样对鲁塞尔来说是家常便饭：我
们在《用于提纲的六个文献》(*Six Documents pour servir
de canevas*)中可以找到对这种花样的专注运用；《太阳粉
尘》仅仅将这种花样作为发现秘密的方法；在《非洲新印》
中，这种花样采取了一种增衍式澄清的奇特形式——它总是
被新的光明打断，而新的光明反过来又被另一种光亮的括弧
打碎，这另一种光亮诞生于前一种光明内部，它悬置前一种
光明并使之长久处于碎片状态，直到在观看中，所有这些
接续、干扰和爆发的亮光形成光明和晦暗文本的难解之谜，
以至于精心设置的开口如此之多，它们密布成不可攻破的
堡垒。

　　还或者，"伟大青年时期"的那些文本将它们可以循环
往复的叙述嵌入同一又模糊的句子，而手法完全可以扮演这
些句子所扮演的诱饵和结论的角色。手法形成了某种不可避
免的外围，但它也在语言的中心给大片想象滩面留出自由，
也许除了手法的游戏就没有别的钥匙了。手法因此有断开和
保护的功能，它划定一个不可接触的特权介质，其外围形式
的严格可以摆脱所有外部束缚。手法的任意性使写作过程
脱离了一切复杂、归纳、虚晃的沟通和影响，在一个绝对中
立的空间中，给写作过程提供了一个取得自身体量的可能。

作品直至最中心的形象都不由"手法"支配，手法仅仅是作品的门槛，一到位就被克服，它更是一种净化仪式，而不是建筑学公式。鲁塞尔用手法框定作品的重要惯例，当对鲁塞尔自己来说他完成了这组作品，他就庄严地且向所有人重述这个手法。手法整个围绕作品形成了一个圆圈，这个圆圈提供入口的方式就是将懂得秘密事物的人留在仪式化（即被分离但未作解释）作品那空白和完全谜一般的空间里。因此，应当把《我如何写作我的某些书》看作《视野》中的透镜：要让这个极小表面有所显露，就要透过它来看，才能让它释放出对它来说难以比拟的整个体量；而且，若没有这个表面，这个体量则也无法固定、不能遍览、无从保留。也许，只要我们越过观看这个必不可少的门槛，手法就不会是作品本身，正如隆起的小块玻璃不是沙滩（虽然它开启和保护了沙滩的光明）。

鲁塞尔的"揭示性"文本在描述作品中的手法游戏时始终有所保留，而作品反倒在解密模式、门槛仪式和锁的问题上如此啰嗦，因此，很难相对于《我如何写作我的某些书》中所涉及的这些书本身以及其他书，来给《我如何写作我的某些书》定位。这本书的积极功能有解释也有秘诀："我认为揭示它是我的职责，因为我觉得未来的作家也许能加以利用并获得果实"，但这个功能很快转入永不结束的不确定性游戏，就像没完没了地延长怀疑的动作：通过这个怀疑的动作，在门槛上，在最后一夜，鲁塞尔也许想开门，也许想关

17

雷蒙·鲁塞尔

门。在某种意义上，鲁塞尔的态度与卡夫卡的态度相反，但同样难以解密：卡夫卡将手稿托付给马克斯·勃罗德（Max Brod，一个曾经说他不会销毁这些手稿的人）是为了这些手稿能在他死后被销毁；鲁塞尔围绕自己的死亡安排了一个解释的简单文本，这个文本、其他书以及这个死亡本身无可救药地让这个解释成为问题。

只有一件事是肯定的：这本"身后和秘密的"书是鲁塞尔语言的最后和必不可少的要素。通过给出一个"解决办法"，他将自己的每个词都转化为可能的陷阱，即真实的陷阱，因为只要有双重基底的可能，就会为聆听者敞开无止息的不确定性空间。这并不会对鲁塞尔重要手法的实存或细致入微的实证主义构成挑战，而是给他的揭示赋予了一种逆行和令人无限不安的价值。

如果能关闭所有这些长廊，禁止所有的出口，并承认为了鲁塞尔的最大安宁，鲁塞尔通过我们的意识乐于为他安排的唯一出路而逃脱，这会是令人安心的："一个对加入秘密社团的传统完全陌生的人，被认为将另一种秩序的秘密带入坟墓，这样合适吗……承认鲁塞尔以行家品质遵从永不失效的语词，这不是更吸引人？"[1]人们非常希望：事情能够离奇地简单化，作品重新封闭于某个秘密，仅是对秘密的禁忌就指出了秘密的实存、性质、内容和必要的仪式；而与这样

18

---

[1]　安德烈·布勒东，《回力墙—弯道》。

的秘密相比，鲁塞尔的所有文本则相当善于修辞，可以向懂得阅读这些文本所言的人作以揭示，而这种揭示是通过一个简单的、不可思议的慷慨之举，即这些文本不透露秘密。

最极端的情况下，《太阳粉尘》的"链条"（在形式上）可能与炼金术知识中的队列有关，尽管编剧设定的 22 个装饰改变反映塔罗牌 22 个主要秘术的可能性非常小。但某些秘传进路的外部构思可能起着模型的作用：具有双重性的语词、指定点上的巧合和相遇、波折的嵌套，以及通过平淡无奇的物件进行的说教性旅行——这些物件承载着绝妙的历史，历史通过描述这些物件的生成确定它们的价值，在每个物件中发现种种神话化身，而这些神话化身会引导这些物件直至解救的现实承诺。但如果鲁塞尔使用了相同的形象（这一点并不确定），那也是在这样一种模式下进行的：鲁塞尔在《非洲印》中使用了《在月光下》(*Au clair de la Lune*) 和《我有好烟》(*J'ai du bon tabac*) 中的某些韵文：这不是为了用外部和象征性语言（这种语言注定以窃取内容的方式交付内容）来传递内容，而是为了在语言内部安置一个附加的门闩，一整个不可见路径、曲折通道和精妙防御的系统。

鲁塞尔的语言与传授奥义的言说对立，与其说是因为构造这个语言的材料，不如说是因为其矛头所向。这个语言不是建立在这样的确定性上：存在着秘密，唯一且审慎地保持着沉默的秘密；这个语言闪烁着一种光芒四射的不确定性，但这种不确定性完全在表面上并覆盖着某种中心的空白：不可能确定有没有秘密，或者有多个，以及到底是什么秘密。对秘密之存在的所有肯定、对秘密之性质的所有定义从鲁塞尔作品的这个源头就开始干涸了，阻碍着秘密靠此空无存活，而这空无从不传授秘密，却发动了我们不安的无知。通过阅读鲁塞尔的作品，我们得不到任何承诺。唯一的内在规定就是这样一种意识：通过阅读所有这些整齐和平滑的语词，我们暴露于脱离标记的危险之中——我们在阅读其他语词，既是其他的又是相同的语词。作品，以其整体（包括在《我如何写作我的某些书》中所使用的支撑，以及这个揭示布下的所有暗中破坏的工作）系统性地施加了一种无定形、分岔和离心的不安，这种不安不是朝向最为缄默的秘密，*20*而是朝向那最可见形式的拆分和蜕变：每个语词都被一个二级语词（这个词或那个词，或者既非此亦非彼，而是第三个词，或无）存在的可能性同时激活和毁灭、充满和掏空。

第二章　台球桌边缘

话说海难后，一个欧洲人被一个黑人首领俘获；幸亏有墨水和纸张的神奇储备，欧洲人用信鸽向妻子发送了一系列口信，来讲述那些野蛮战斗和人肉晚餐，所有这些的指挥者就是那可憎的英雄。鲁塞尔更好、更快地说明了这一切："关于老劫匪帮的白人书信"（les lettres du blanc sur les bandes du vieux pillard）。

而现在，"旧台球桌边缘上的白粉笔字"（les lettres du blanc sur les bandes du vieux billard），这是有人用粉笔在大桌子边上写下的印刷体符号，大桌子边覆盖着已经有点蠹蛀的绿色桌布。当时，在一个多雨的下午，有人想让一群困在乡间住宅里的朋友消遣一下，就给他们出了一个字谜；但字谜过于笨拙，不能描画出足以引起联想的形象，这人就要求朋友们将分散在巨大四方形周边上的字母重新组合成融贯的语词。

　　在这两句话微不足道但又广阔无边的差距中，鲁塞尔最

　　　　　　　　　　　　　　　　　　　　雷蒙·鲁塞尔

为通晓的一些形象将会诞生：监禁与解放、异国情调与密码文件、语言所进行的折磨与同样语言所进行的拯救，以及语词主权——难解之谜建立了这些语词主权的静默场景，就像那些惊呆了的客人在台球桌四周围成一个圆圈，句子在此寻求重组。所有这些形成了鲁塞尔四部核心作品的自然面貌，那四部遵循"手法"的伟大文本是《非洲印》《独地》《额头上的星星》和《太阳粉尘》。

这些监狱、人类机器、加密的酷刑，整个语词、秘密和符号之网都神奇地来自一个语言事实：一系列相同的语词说着两件不同的事情。我们的语言被投射到两个不同方向，现在语言的贫乏突然被带到它自己面前，被迫对选。但也可以说可观的财富正在于此，因为从有人提起这组简单的语词那刻起，它就唤醒了种种差异的整个语义攒动：有（书信的）信（lettres），也有（书写的）字母（lettres）；有绿台布的边缘（bandes），也有食人国王野蛮和嚎叫的团伙（bandes）。语词的同一性——语言中基本的简单事实就是进行指称的字词少于需要指称的事物——本身就是一个具有两面的经验：这个同一性在语词中显示出世界上最遥远形象不期而遇的场所（它是被取消的距离，存在物的碰撞点，以唯一、双重、模棱两可和张冠李戴的形式集聚在自身中的差异）；这个同一性表明了语言的拆分，这个拆分从一个简单的核心开始，脱离自身，不停诞生出其他形象（距离的增衍，诞生于复本足迹下的空无，相似和不同长廊的迷宫式生

23

长）。在语词富有的贫乏之中，语词总是引向更远并带回到自身；语词迷失又重逢，它们以重复的拆分在地平线上直行，但又会以完美的曲线重回出发点：这正是被蒙蔽的客人应该看出来的，他们围着台球桌，应该发现语词的笔直行列正好是循环的路径。

18 世纪的语法学家很清楚语言的这个不可思议的特性——贫瘠中的富有；在对符号的纯粹经验性领会中，这些语法学家赞叹一个词为了置身于另一个可见形象，在某种同时作为界限和对策的模糊性中指称这个形象，能够与那通过这个词的"意指"（signification）而与自身相连的可见形象相分离。在这里，语言找到了它内在运动的起源：语言与其所言之间的关联能够在语言形式没有变化的情况下完全改变，就好像语言转向自身，围绕一个固定点划出可能性的整个圆圈［正如我们曾说的语词的"含义"（sens）］，这个圆圈允许偶然、相遇、效果，以及或多或少由游戏商议的所有努力。听听这些最洞察入微的语法学家之一杜马塞[①]是怎么说的："必然要一词多用。人们发现这个奇妙的办法能够让话语充满活力和吸引力，人们不会忘记将之转化为游戏和娱乐。因此根据需要和选择，语词有时会转变它们的原初含义，以获得一个新的、多少有些遥远的含义，但这个

24

---

① César Chesneau Dumarsais（1676—1756），法国语法学家和哲学家。以《语法原则》和《论比喻》著名，为狄德罗的《百科全书》提供了 500 多条有关语法的词条。——译注

　　　　　　　　　　　　　　　　　　雷蒙·鲁塞尔

含义又与原初含义有或多或少的关系。语词的这个新含义被称为比喻义，我们把这种转化、这种产生新义的转变称为比喻。"[1]正是从这个转移空间产生了所有的修辞形象［如杜马塞所说的"环绕"（tour）和"拐弯"（détour）］：讹转（catachrèse）、换喻（métonyme）、转喻（métalepse）、提喻（synecdoaue）、代换（antonomase）、曲言（litote）、暗喻（métaphore）、换置（hypallage）以及其他在语言库中通过旋转字词描画的象形文字。

鲁塞尔的经验属于所谓词汇的"比喻空间"。这个空间不完全是语法学家的空间，或者更确切地说，这个空间就是语法学家的空间本身，但是以另外的方式处理的；鲁塞尔的这个空间不能被看作诞生标准言说形象的场所，而应被看作在语言中精心设置的空白，这个空白在语词自身内部打开语词那潜伏性、沙漠式和布满陷阱的空无。鲁塞尔把这个修辞用以强调修辞所要说内容的游戏，当作一个对他自己来说可以以最大可能伸展的空隙，一个可以细致入微审慎安排的空隙。鲁塞尔在其中感受到比半自由的表达更多的东西，那就是存在的绝对空缺（vacance），必须通过纯粹创造投入、掌控和填满这个空缺：这就是鲁塞尔所谓的与现实相对照的

25

---

[1] 杜马塞，《论比喻》(巴黎，1818，2卷本)。第一版1730年出版。［原文脚注中写作1750年，根据资料显示这本书第一版为1730年出版。中译本对此做了修改。——译注］

"构思（conception）"（"在我这里，想象就是一切"）；他不想用另一个世界重复现实，而是要在语言的自发重叠中，发现一个不容置疑的空间，并在上面重新覆盖上还从未被说出的事物。

鲁塞尔将在这个空无之上建立的种种形象就是"风格式形象"井然有序的背面：风格，就是在所使用语词的至上必然性下，说同一件事的可能（这个可能性同时被遮蔽和指明），不过是用另一种方式来说。鲁塞尔的整个语言就是颠倒的风格，它寻求用相同的语词悄无声息地说出两件事。扭曲就是语词的轻微拐弯，这通常让语词能够按照某个比喻活动"动起来"，并让语词能够施展它们深层的自由，鲁塞尔用扭曲制造了一个毫不留情的圆圈，通过强制性法则的力量将语词重新引到它们的起点。风格中的词形变化成为鲁塞尔的循环式否定。

不过，让我们回到我们的双面系列：一面是黑色和食人的非洲，一面是绿色的台球桌—密码信。让我们把这个系列分两次拿出来，就像两个在形式上等同的系列［台球桌与劫匪（billard-pillard）的近似要稍后再论；在如此紧致、坚韧、节省一切又总是援引自身的作品中，很难在没有预期也没有回返的情况下依序前进］，但这两个系列又被意指间最大可能的距离分开：此时，在语言的同一性中张开了一个巨口，一个同时需要显露和填满的空无；也大可以这样说：

空白／白人①（blanc）需要填充另一个边缘／团伙（bande）的字母／信件（lettres）（我并没有在游戏中用语词的第三种用法引入新的枝节，我只是想把逻辑学家所说的"自身蕴涵"显示出来，鲁塞尔的作品始终在对这种自我同一性进行振荡式的显示）。所以，"找到了这两个句子，重要的是写一个故事，这个故事能够从第一个句子开始，以第二个句子结束。我就是在对这个问题的处理中获取我的所有素材。"叙事就在没有含义中断的情况下，从台球桌上难懂的话发展到空中书信。

没有什么比这个更清楚了：上述规则被应用于鲁塞尔1900 年到 1907 年出版的三个故事 [《弹指》（Chiquenaude）、《拿农》（Nanon）、《布列塔尼民俗片段》（Une page du folklore breton）]，以及鲁塞尔指出属于"伟大青年时期"（grande jeunesse）的 17 个文本。这些故事在《我如何写作我的某些书》的身后出版之前，都不为人知。这些故事的创作日期并不确定，如果它们真的是在鲁塞尔还非常年轻的时候写的，也许它们的起源要上溯到（在 20 岁左右写作和出版的）《衬里》之前；这些故事在所有那些伟大作品之前写就，并在死亡一刻被再一次表达，因此，它们框定了鲁塞尔的所有语言，一下子揭示了鲁塞尔语言的起点和终 *27*

---

① 原文只有一个词，但鉴于此处原文斜体，有强调同一个词的双重含义的意味，故译文中将两个意思都表现出来，并用斜杠连接，下同。——译注

点，这有点像那些包围着叙事的同音异义句子，这些叙事本身就是由这些同音异义句子构成的。鲁塞尔在最后著作中呈现出的这个"青年时期—生成"（jeunesse-genèse①）的语词游戏指明：在这样一个时刻公布这些文本反映出这些文本的结构。

然而，根据自传，鲁塞尔17岁时"为了只作诗"而放弃音乐：从此刻开始，"对工作的狂热"占据了他："可以这么说，在写完《衬里》之后的漫长日子里，我夜以继日地工作。"不过，所有"伟大青年时期的文本"都是散文形式的：它们不太可能是在转向诗歌与（以十二音节诗体）撰写《衬里》之间写就的。也许更应该这样设想：在接着第一本著作失败而来的"可怕神经疾病"之后，鲁塞尔写下了这些文本，鲁塞尔用这样一句简单的话指出这个时期："在好几年间，这就是探索"，这大体上就是1898年至1900年那个时期。就好像这个危机，或者也许《衬里》（带着它那双面演员的游戏、纸板头、穿透着目光的面具、隐藏其所展示之物的多米诺骨牌），就已经定义了鲁塞尔青年时期的文本及之后他全部著作所要经历的重复和两面之间的距离。因此，"手法"所扎根的"比喻"空间与面具类似，在某个语词内部展开的空无不仅仅是言语符号的一个特性，还是更深的、

28

---

① jeunesse（青年时期）与genèse（生成）两个法语词的发音相同，福柯指出这里存在语词游戏，即鲁塞尔所说的"伟大青年时期"也是在说"伟大生成"。——译注

　　　　　　　　　　　　　　　　　雷蒙·鲁塞尔

也许更危险的模糊性：这个空无表明语词就像五颜六色纸板的一个面孔，语词隐藏其所重叠的事物，黑夜般的微薄厚度将语词与其所隐藏的事物隔离开来。语词的重叠就像面孔上面具的重叠：它向同样的存在遮蔽（éclipse）敞开。以等同语句构成的叙事由此重新发动了《衬里》的经验：这些语句将《衬里》的经验作为所有作品的隐藏起点："如果我公开伟大青年时期的这些文本，这是为了突出我作品的生成。例如，名为《在黑人中间》（*Parmi les Noirs*）的故事就是《非洲印》的雏形。随后所做的一切都诞生于这同一一手法。"

令人好奇的是，在米歇尔·莱里斯令人赞叹的《游戏规则》（*Règle du jeu*）中，我们看到他如何将同样的比喻空间变成既对立又邻近的经验（同样的游戏，但依据不同的规则）：语词的滑移传染到事物，将事物叠合成超乎寻常和令人惊叹的形象，在这样的语词滑移中，莱里斯试图获取所发生之事那游移不定但又不可避免的真相。从如此之多没有地位的事物、虚幻的公民身份中，莱里斯缓慢地获取着自己固有的身份，就好像绝对记忆带着从未完全死去的幻想，在这些语词的褶子里沉睡着。对这同样的褶子，鲁塞尔则用一个审慎的动作将它们分开，以便在其中找到一个令人窒息的空无、一个存在的严峻缺席，他就能以完全主权予以支配，29以制造种种既无关联亦无种属的形象。在某个真相那变动的充盈中，没有任何东西会枯竭，还可以无休止地畅游，莱里斯在这种充盈中体会到鲁塞尔的叙事在空无之上（就像在绷紧的绳索上）所游历的广度。

　　表面上，这些文论除了其有义务解决的问题，没有提出其他问题。但鲁塞尔为解释这些文论的构型所给予的关注甚至让人感到惊讶：在《我如何写作我的某些书》开头，这样的解释超过两页，然后著作中间有一次提醒；而在文末带着不同含义回到起始句子的原则，则在鲁塞尔的每个故事中都相当清晰，所以就不必以说教的模式再重复这个原则：在贴近语词的表面、在细枝末节最为明显的曲线上，这个方法都是可见的。但也许这个规则就是顶峰，它独自在整个由诸多规则性构成的金字塔中冒尖（每个叙述都能在此找到它的深刻安排）；打开和关闭叙事的关键句子则开动的是种种其他的锁。对于这些简单的文本，我们应该小心谨慎，鲁塞尔就这些文本的主题已经给我们提供了这种小心谨慎的例子。

30 　　规定叙事起点的模棱两可句［"起名"（éponyme）句］诞生了多个不完全等同的圆圈，但这些圆圈相互交织，像是要形成一个奇怪的蔷薇花饰。

　　我们知道语言的圆圈，这个圆圈应该用不同含义重返相同的语词。紧挨着这个语言圆圈的是时间的圆圈；开头的句子呈现为一个难解之谜："旧台球桌边缘上的白粉笔字形成了一个不可理解的组合。"在语言启动的那一刻，时间停止了：场景像雕塑一般被给出，不是作为效果，而是作为符号；戏剧般的停顿，我们既不知道停止的是什么，也不知道

　　　　　　　　　　　　　　　　　　　　　　　雷蒙·鲁塞尔

在哪一场停止的。因而，这个静止的瞬间在语言的门槛上竖立了一个谜一样的形象，一个不动的巨大平面再次关闭了自身的含义。一开始，语言就像被拒绝的意指那样发挥作用，铺展语言的滩面一开始就被这些不同寻常还保持沉默的武器掩盖了："在我睁眼的那一刻，盘绕在受害者身上的大响尾蛇正痉挛性地收紧"；"手掌挤向白乳头喷口的动作显得老练和规律"；"整个八月，鳀鱼皮在绿光^①（Rayon-Vert）的芒尖上闪耀。"从这种谜之场景（时间中断，空间打开，事物在没有地平线的观看面前蜂拥而入，在缺乏定位和比例的情况下杂乱无章）出发，语言开始按照回返和后退的双重运动编织它的线索。为了回到完全清晰的当下，回忆的曲线朝过去迅速偏移，尽其所需地投向远方：所以，我们被带到起点，这起点现在又是终点；起名句只需重复即可。

但当时间回到自身、回到原初语言的那一刻，原初语言又在意指的差异上发生意外变动：一开始，有一个槌球游戏，对垒双方的进球都是由饰有彩圈的木槌完成的；最后，一只有学问的狗用彩色铅笔在活页记事本的空白页上画出规律间隔的竖线：不管怎样，这就是"彩棒间游戏的宽阔"^②。

---

① 特指天气好的时候，在太阳上山和下山前的短暂时刻，由于空气折射，在地平线出现的可观察到的短暂绿光。——译注

② "饰有彩圈的木槌"和"彩色铅笔……画出规律间隔的竖线"中，体现了法语词 bâton 的两个含义：棍棒和（儿童习字划出的）直杆，因此这里可以说是"彩棒间游戏"。——译注

天真的玩笑。也可以说是社会的游戏。为年金不厌其烦地工作。不过，在第一个句子和最后一个句子之间，语言的身份（这个身份始终不确定也难以定位）发生了重要的变化。是否应该这样说：在故事要回到它的起点之时，语词如同对热情的讽刺性补充引入进来，它们自我重复，并用这种嘲弄人的声响（之所以是嘲弄人的，因为这个声响用相同的音符和音色却在说另外的事物）指出我们的确回到了起点，是时候闭嘴了，因为语言的意图就是重复过去？或者更应该这样说：在语言之下，一个并非由语言主宰的诡计（尽管这个诡计就是语言自身的精打细算）在最自然重复的时刻，引入了这一微小的距离，使得同样的事物说着另外的事情，并且最终最好闭嘴，因为语言不可能确切无误地重复？这两种可能性在一个开放的追问中相互支撑；语词及其所言在一个模糊的运动（由一个缓慢的回旋驱动，这个回旋阻止事物的回返与语言的回返相吻合）中彼此翻转，一个可疑的空间在此显露出来。

32

不安并没有近于缓和，因为我们在《非洲新印》中又找到对这种不安的莫名犹豫（但是系统性的反向犹豫）：通过事物与语词数不胜数的过滤器，比较、靠近、区分、隐喻、类比的系列在此流转着某个唯一、单调和固执的意指，它们通过无休止的重复重新发动这个意指，用 415 句韵文和两百多个例子表明不能混淆大事物与小事物。在这里，含义在语言无尽的起伏之下静止不动；相反，在青年时期的文本中，

　　　　　　　　　　　　　　　　　雷蒙·鲁塞尔

在语词自始至终张起故事拱形结构的静止立柱之间，含义逃脱自身。《非洲新印》就像这些早期文论的否定图景。

相对于起名陈述，反—文本（contre-texte）不仅仅是违背常理（contre-sens），还是反—实存（contre-existence）和纯粹否定性。最初的句子（如"抓住蛇盘"）总是操纵着对象，语词被直接镶贴在事物上，甚或语词从事物中喷射出来，甚至在观看之前，就在观看背后拖拽着观看，在对语词所言的本质缄默中，仅仅提供这一喑哑和坚决的呈现："微熟的李子似绿非绿的皮似乎如愿以偿地引起了食欲"；"五脚大绵羊羊毛上的斑点让出场更加神奇。"反语（antiphrase）只有通过一整个小心谨慎的仪式（仪式的每个横生枝节都会对反语构成一个实存的削弱），才能够说出它所要说的事物。反语不再是与事物平齐并由事物宣告出来的语言，反语是由历史人物之一（通常就是那个讲述历史的人）不无庄严地大声说出来的：也许为了重复得以完成，需要一个魔法师［如马歇尔·康特莱尔（Martial Canterel）就是一个魔法师］。通过从句子过渡到反—句子（contre-phrase），我们从演出走向布景，从语词—事物（mot-chose）走向语词—复制品（mot-réplique）。重复的句子不再指示事物本身而是指示其再现（reproduction）的话，效果就更为明显：绘画、密码信或谜语、乔装改扮、戏剧性表征、透过眼镜观看的演出和象征性图像。言词的复本通过一个重复的滩面自己支撑着自己。不过，谈到这个严格的重复，——这个比其自身更为忠实的复本——，重复性语言的作用是揭露这个语言的缺陷，显露出阻碍语言成为其所表征物之精确表征的细小裂缝，或者还会填平精确表征所遗留无解之谜的空无：反—句子陈述的是台球桌边缘交错的白粉笔字（leslettres de craie blanche）所表示的有序和完满文本；反—句子说出这些字母缺失、隐藏并通过它们隐约显露的事物——它们的黑暗反面，然而又是它们正面和明显的含义：白人书信（les lettres du blanc）……反—句子，这种反语，还说出：画家并没有照样复制鱼鳞上的网孔，厨师雨伞上的水滴比可能真实的情况更猛烈地跌碎，等等。就好像这个换过衬里的语言其功能就是钻进细小的间隙——这细小的间隙就是分离模仿与其所模仿事物的间隙——，就是让模仿的裂缝涌现出来，并在模仿的厚度中将模仿一分为二。语言，微细的薄片，劈开事物的同一性，指出事物直至在其重复中都无可救药地具有双重性并与自身相分离，而这一切都发生在这样的时刻：语词以对一切差别之物的完全无动于衷，回到自身的同一性。

语言重复所钻入的这个开口就出现在语言本身之中。语言噬咬事物的痕迹在语言自身上留下印记，语言也是通过这个印记违背事物。最终句子在对事物的复制中暴露了裂缝，在裂缝附近复制最初的句子，这最初的句子在形式上则加衬了一个含义的滑移：台球桌（billard）边缘上的粉笔符号之谜被关于劫匪（pillard）帮的欧洲人书信填满。另外大概还有十六个具有同样可叹品质的情况：柠檬籽（le pépin du citron），小伙计的麻烦（le pépin du mitron）；挂钩（le crochet）和梭鱼（le brochet）；铃声（sonnette）和废话（sornette）；心爱的金发英俊男子涂着润肤油的脸上红色脓包的位置（la place des boutons rouges sur les masques des beaux favoris blonds），心爱的金发英俊男子燕尾服上红色纽扣的位置（la place des boutons rouges sur les basques des beaux favoris blonds），等等。

鲁塞尔将这种微小的形态偏离（从不缺少，且每句总是只有一处）当作要点。这种偏离充当了总体的组织原则："我选择两个几乎相同的词（想着变换一个字母的词形变化）。例如，台球桌（billard）和劫匪（pillard）。然后，我在这些词上分别加上同样但取不同含义的词，就得到两个一样的句子。"微不足道的差异不合常理地引入了同一性，鲁塞尔就是从这个微不足道的差异出发寻找并找到了重复；就像反语通过一个微小差异的开口钻入语言，只有从一个近乎不可察觉的开岔出发，反语才能将它那些相同的语词联结起来。重复与差异如此错杂，并加入如此多的真实性，以至于无法说出谁是原初的句子，谁是衍生的句子；这种细微的连接在所有这些平滑文本表面的平淡无奇显得必然的地方，给其一个突然的深度。在叙事之下，这种纯粹在形式上的深度打开了种种同一性与差异性的一整个游戏，这些同一性与差异性就像在镜子里一样重复出现，不停从事物走向语词，在地平线消失又总是回到自身：引导词之同一性的轻微差异、被近乎相同的语词所掩盖的差异、重新覆盖了含义差异的同一性、叙事在其话语连续性中负责取消的差异、将话语带到不太确切的复制（这种复制的缺陷允许同一句子发生滑移）中的连续性、同一但又轻微差异的句子……而最简单的语言，也就是日常和约定俗成的语言——完全平淡无奇的语言，自以为以精确性和普适性重复着过去和事物，却发现从一开始就陷入了对复本的无限拆分之中（这种拆分通过虚拟但又无镜像出路的厚度将复本俘获）。回返本身则深陷于既像迷宫又虚妄的空间中：虚妄，因为回返在其中晕头转向，虚妄，还因为在回返重新找到道路之时，这个空间则向回返宣告：同样的事物不再是同样的事物，同样的事物也不在这里；同样的事物现在是其他事物，并且在别的地方，在它所来之处。而游戏则总是能够重新开始。

　　如此处理变换一个字母的词形变化，有点像是对语言中日常、隐匿和悄然习以为常之事物的游戏用法——因此，既被抽离又被安置在界限内；这种词性变化将总是有所不同的重复游戏和总是回到同样事物的差异游戏带向一个可笑的表面——语言在这个游戏中找到它专有的空间。变换一个字母的词形变化就是语言的真相和面具——语言的衬里被拆分

并被置于外部；同时，变换一个字母的词形变化又是开口，语言借此进行滑移，拆分同一（le même）并遭受拆分，将面具从其所重复的面孔中分离出来。

也许，这就是为什么在这个时期的所有作品中，《弹指》是唯一让鲁塞尔满意的。应该尝试扼要重述这个奇怪的故事，而不过于迷失在拆分、重复和裂缝那错综复杂的游戏中。

这天晚上，上演了一出马路戏，但这已经不是最初的那场（对一场再现的再现）。将要讲述这场戏的观众作了一首诗，其中一个人物必须在舞台上多次朗诵这首诗。但扮演这个角色的名角儿生病了：替角将代替他。所以，这出戏就从"红鞋跟儿**强盗**这一出戏的替角诗句（vers de la doublure dans la pièce de Forban talon rouge）"开始。被模仿了两次的梅菲斯特（Méphisto）走上舞台，并朗诵了上面提到的那首诗：他在骄傲地散步时，吹嘘说猩红色的神奇服装保护他免受任何攻击，世界上没有任何剑能够刺穿这件衣服。梅菲斯特迷恋一个美人，一天晚上，他代替（新的替角）美人的情人，一个要道上的强盗和不可救药的好斗剑之人。匪徒的保护仙女（匪徒的狡猾复本）在魔镜的反射（这个反射在照出匪徒的时候摘掉了复本的面具）中突然发现了恶魔［梅菲斯特］的游戏，保护仙女抢去有魔法的衣服，为这件衣服缝上一层同样颜色但被蛀虫蛀过的衬里（一个有裂缝的衬里）。当匪徒回来向恶魔挑战（与由替角扮演的、匪徒自己的复本对峙），匪徒的长剑毫无困难地穿透了衣料，这衣料之前刀枪不入，但现在被衬里——更确切地说，被"结

38

实红裤子里的衬里蛀虫"（les vers de la doublure dans la pièce du fort pantalon rouge）——拆分并失去了神力。

　　这个文本中，已经出现了许多充满了鲁塞尔诸作品中的形象：被叙述的戏剧、被撞见的情人、神奇物质、人物乔装为不成比例的微小物件（跳芭蕾的身体表现为缝衣针、线轴和线），——然后，以更一般的方式，在最为细致的细节上对整体上明显不可能之事进行衔接。但鲁塞尔从这个文本正面体会到的满足，大抵更在于对共鸣的神奇组织，这个组织让开始的手法（将那两个近乎相同的句子联系在一起）在文本内部、在来此安顿的面孔里回响：重复、衬里、同一的回返、裂缝、不可察觉的差异、拆分以及致命的裂口。就好像通过游戏规则强加给文本的形式，在戏剧表演和拆分的世界里得以具体化；就好像语言强加的构型，变成了人与事自发的存在。重复与差异的滑移，它们始终如一的失衡，语词的坚固在这些重复与差异中所遭遇的沉沦，正在悄悄地变成制造种种存在物的绝妙机器：这被淹没语言的存在论权力。

　　这里有一个信号：在这个时期的所有文本中，《弹指》是唯一一个变换一个字母的词形变化与起名句的错位相重合的文本［红鞋跟儿强盗（forban talon rouge），结实的红裤子（fort pantalon rouge）］：这是《非洲印》与《独地》所使用一般化手法的程式。我也相当倾向于料想在文本本身内部，有一个语词拆分的雏形，这个雏形随后会变成技术要点。某些个别比照，如"衣料—仙女（l'étoffe-fée）"、

39

"储藏（la réserve）"和"地狱（l'enfer）"、"魔法男士套装（le complet magique）"，它们发音怪异，就像不可见语词的重复，而这些不可见语词承载着其他含义，在文本下流通，以便支配文本中的形象和相会。所以，《弹指》是鲁塞尔作品中唯一一个通过单一重叠（以重叠的两种形式）运用手法的文本：起始句子的回返与语词的不寻常比照（只有在另一种词义中或在一种轻微改变的形式下，这些词才具有自然的亲缘关系）。

鲁塞尔以一种令人惊讶的激烈（这符合维塔克 [1] 的假设）反对在《弹指》与《衬里》间建立任何关系。对此，有一个非常明确的理由：《弹指》是已经整个倾注了手法的文本，这个文本的所有血脉都是由手法构思出来的，而且在此之外，也许那些反复重申的句子也是来自于此。不管怎样，一方面，我们在整个《衬里》之中都能找到面具那落空了的经验；另一方面，青年时期的文本在重复游戏中没完没了地迷失又重拾；这二者间有某种亲缘性：面具用可见幻象重叠面孔，在纸板做成的庞大面具中，带着纸板的裂缝、斑驳颜色和黑色眼洞，面具显现为一个真实而又虚假的复本；语言细致入微地遍及面孔，细数面孔的种种瑕疵，在将它与其所复制的人物（即其衬里）相分离的空间中滑移——面具和语

40

---

① Roger Vitrac（1899—1952），法国剧作家和诗人、早期超现实主义者，1928 年被超现实主义运动排除在外。——译注

言难道不就像这个深层空间的最初发明：手法语言穿越这个在事物与语词下面的空间，从同一走向复本，并在这个轨迹中经历了自身那落空了的重复？"弹指"，美妙的动作，它一下子拆开衬里，在语言中打开了一个语言将会在其中加速的毋庸置疑的空间。这个巨口，就像我们在鲁塞尔那里发现的所有巨口，在其对称的圆括号之间，包含着一个词与物的圆圈——这个圆圈诞生于自身，在绝无异物侵扰其纯洁和已完成荣耀的自足中完成自己的运动，并在自我消失（本质宿命或至高意愿）的重复中重新找到自己。

生成式文本和卵式文本已经承诺了它们将重复出现的结局——这个结局就是自愿的死亡和向最初开端的回返。

第三章　押韵与理由

　　我发现我在蹒跚前进：依据手法的未来形式来解释这些最初的文论；不顾鲁塞尔的禁止（而我把对此禁止的分析，留到最后需要完善圆圈的时候），越过《衬里》朝其方向跳跃；忽略与这个探索时期（但进入这个时期则需要绕道）同时代的作品《视野》《音乐会》（*Le Concert*）和《来源》（*La Source*）；攫住身后的解释作为唯一的圣经，但又在其中不停加入已被解释的文本中我认为可以上手、有待把握的救援；我总共用了四五页篇幅评论《我如何写作我的某些文本》，我觉得这也过分细致了。

　　应该争取线性（甚至点状）和严谨地前进，因为我们这就到达鲁塞尔毫不掩饰其庄严性的开端："最后在近三十岁的时候，我觉得找到了我的道路。"这是鲁塞尔按照之前技术的一个派生，写作（稍晚于《拿农》与《布列塔尼民俗片段》这样的成套短篇小说）《非洲印》的时期。与青年时期的叙事同样略显单调的话，同样精确、紧绷和晦暗的语词。然而，似乎又不再是同样的语言在言说，《非洲印》诞生于一个新的言词大陆。驶向这另一片土地的，是我们已知晓的脆弱和执拗的轻舟，是这些在鲁塞尔作品边缘游荡的语词："旧台球桌边缘上的白粉笔字"。

可以说这些在昏暗基底上的明亮符号，这些沿着熟悉的游戏空间铭刻的符号，在形象化的形象中再现了鲁塞尔用作品从头至尾制造的语言经验吗？这是语言在发挥其计算和游戏可能性之领域限度内的某种加密否定性吗？之所以给这个句子以优先角色，正是因为这个句子承载着珍宝：句子借助其含义，就是还算清晰地勾勒出这珍宝的图画。否定再现说到底是鲁塞尔惯常的主题之一：我们可以在雕塑家热杰克（Jerjeck）的白描和夜间火烛中看到这个主题，或者还可以在否定之否定中看到这个主题——"桨叶织机"（métier à aubes）所进行的正面织造就是例子。空白符号说出了它们要说的，但也通过它们的明晰本身拒绝了它们要说的。

"《非洲印》的生成由台球桌（billard）这个词和劫匪（pillard）这个词的比照组成。劫匪就是达鲁（Talou），劫匪帮就是那些好战的乌合之众，白人就是卡迈克尔（Carmichaël）（没有保留书信这个词）。随后我扩大手法的使用，寻找与台球桌这个词有关的新词，一直都是为了使用它们与开始所呈现的含义不同的含义，而这每次都能提供更多的创造。因此，尾舰（queue）这个词为我提供了达鲁后摆拖地的连衣裙。"尾舰有时会带有字母组合（chiffre，

43

其所有者的姓名首字母）；由此，就有了标在上述后摆上的密码（chiffre，数字）；对劫匪帮和白色的技术也是一样。"从那时起，放弃台球桌这个词的领域，我继续追随这同一个方法。我选一个词，然后用介词在（à）将之与另一个词相连；而这两个词取了与之前含义不同的含义，这为我提供了新的创造……我必须说最初的工作是很难的。"

人们乐意相信这些。具体分析这个方法也不容易（尽管说实在的，并没有共有的方式）。并不是鲁塞尔的解释不够清楚或不充分：从他的每个词来看，这个解释绝对有效；也不是其中有所隐瞒（鲁塞尔也许没有说出一切，但他毫无隐瞒）。在这个文本中与在其他文本中一样，困难在于鲁塞尔自己在极端细致与最刚性的简洁之间的尺度：一种让语言同时经由所有细节和最短路径的方式，由此，这个悖论就显而易见：直线同时是最完满的圆圈；而圆圈在封闭的时候，突然变得像光一样笔直、线性和节省。这个效果（并不属于风格范畴，而是属于语言与其所游历空间之间的关系）——正是这个效果，被用作十七个生成式文本的组织和形式原则，在这里，所有重新找到的叙事和时间的曲线，在总体上，描画出从句子到其完美同一之对跖点间的瞬时直线。

因此，《非洲印》所由之而来的那个言词珍宝就是："旧台球桌边缘上的白粉笔字"。为了不再返回这里（但在鲁塞尔那里，我们总是不得不返回），让我们做出第一个评注："字"（lettres）这个词并未被使用，这个词在故事中多次以各种含义重现，就像最常被选用的形象或求助手段之一〔例如，在鲁尔（Rul）、莫森（Mossem）和狄兹梅（Djizmé）的片断中〕。——但这个词不支配语言的构造。也许正因为这个词在指示这个构造。也许因为舞台的整个建筑都是由这个建筑同时隐藏和显现的语词从内部规定的，正如字是可见的符号——白纸黑字，黑纸白字——在这些符号这里，栖居着在这些奇怪的图画下生息的语词。所有的印 ① （Impressions）都只是以否定形式（用空白）书写的字（符号和密码信），然后，它们被转移到可读和日常语言的黑暗语词上。"字"这个词不是游戏的一个部分，因为字要留给整个游戏来指示。而我忍不住就要在这个词的名头（titre）中识破它：否定形式应用在供观看的表面上，它留下的是自己倒置因而又是直达（人们就是这样"印制"织物）的图像，我正是要在否定形式的这个指示中识破"字"这个词。这就是我认为我能在这个塑造在回力墙上的"印"（Impressions）这个词之下所读到的含义。我很快就意识到纯粹的假设正在于此：不是说我的解读是主观的，我的解读就在这里，就在语词的自主游戏中；但也许鲁塞尔没有事

_____

① impression 有"印象、感受、感想"的意思，也有"印记、印痕"的意思。鉴于鲁塞尔在以该词命名的两本书 *Impressions d'Afrique* 和 *Nouvelle impressions d'Afrique* 中对该词的用法不是在感受、感想的意义上展开的，更接近于此处所解释的"以否定形式（用空白）书写的字"，故将这两本书译作《非洲印》和《非洲新印》。——译注

先安排这个游戏，不过他非常清楚我们永远也不会绝对拥有语言。而语言在其种种重复和拆分中扮演着言说的主体。不过，还是让我们转向最大的确定性。

起名句在其两个版本之间提供了转换一个字母的词形变化游戏：台球桌—劫匪（billard-pillard）。这两个词的前一个被放下，用的是后一个。但既不是直接利用后者，也不是在其本身之中利用后者（在四百五四十页的文本中，我不认为劫匪这个术语曾被用来指称达鲁——他实际上是一个勇敢的人，尽管相当爱嫉妒、易怒和擅于伪装）；只是透过关联的迷雾来利用后者：被砍下的头颅，刺绣饰物，战利品，不久前还是食人王朝时传下来的古老冲突，惩罚性的远征，堆积的财富，被洗劫的城市。由此得出第一原则：在青年时期的文本中，两个同音异义的句子在最可见的内容中（在故事的开头和结尾处加强，就像台球桌尽头布满密码的边缘），而现在，这些句子深入到文本内部，文本不再受这些句子的限制，而是扮演这些句子厚实外壳的角色。实际上，这些句子在文本中的埋藏深度不一样了：对照词［劫匪（pillard）］虽然并未出现，但它还是相当明显地被指出来了；它在所有实际的语词间暗涌，只能在背光时被快速察觉。因此，曾经的结尾句就非常正当地留在观看与陈述间的边沿。相反，起名句落入所有显现领域之外（台球桌或粉笔头从来没有出现）；但实际上，起名句还是细致入微的组织者，因为如果没有起名句，就不会有好战的军人，不会有欧

46

洲人被俘，不会有黑人部队，不会有白人卡迈克尔，等等。可以说生成式叙事（récits-genèse）的横向组织转了起来，它在这里显现为头朝下的纵向组织：我们在《非洲印》中所能看到的是且仅是我们在叙事、语言和时间之后所见，它们在这个构建的观剧镜尽头，从起始句开始，出于恢复这个起始句的必要；就好像如果我们连贯地读青年时期文本的所有结尾句，［就会发现］这些结尾句首尾相接，以至于掩盖了诸起始句以及所有将它们分离开来的距离。这里，有一个值得注意的水中深度的效果：通过将叙事放回概述叙事的简单句子（老劫匪帮），我们就像在水面之镜的深处那样看到相似但又有不可察觉之差异的句子的白色碎石，句子只是碎石的表面波纹、可读回声，这句子从其沉默（因为这句子从未被宣读出来）的内部释放出语词那闪耀和振荡的表面。核式句（phrase nucléaire）如此近切，如此接近于同一，但又停留在一个无尽的距离之外，停留在语言的另一端，在那里，核式句既沉睡又清醒，关照所有宣读出来的语词，又以其无可置疑的保留沉睡。核式句标记了在语言的同一性中敞开的所有距离，它宣告着这个距离的取消。无法越过的、被删除的空间在闪烁，青年时期文本在它们相同界石间穿越的就是这个空间。

如果没有另一个技术（能够将话语在一个横向的蔓延中打开）来平衡这个秘密的纵向技术，这个纵向技术无法通向任何话语。起名句的每个词都连接着一个关系领域：从台球

雷蒙·鲁塞尔

桌（billard）可以转入球杆（queue de billard），而镶嵌着包银（或者银质，或者也许是贝壳质）材料的球杆经常带有购买者的姓名首字母，购买者在游戏中将这样的球杆留作专用；因此，我们就来到姓名首字母组合（chiffre）这个词。每个这样的新元素都会处理成父—词（mots-pères）：以相同形式但带有根本的含义差异使用新元素。粉笔棍让人想到包裹笔头并保护手指不沾上白色粉笔灰的纸；这层纸粘在粉笔上，就有了粘 / 惩罚性课后留校（colle）这个词，这个词在高中生所给予的含义上被重述：以惩罚的名义施加的额外劳动；只有这第二层含义出现在文本中，第一层含义（第二层含义只是第一层含义的对偶）还是与作为绝对开端的台球桌一样，停留在隐匿的状态。通过联想途径进行的旁侧扩展只在第一层面（台球桌、粉笔、棍、纸张、粘）进行，且从来不在近义的层面进行——即出现劫匪帮首领或惩罚的层面。只有起名层是丰富的、连续的、有繁殖力的和易于撒下种子的；起名层只在自己这个层面上编织在叙事之下伸展的巨大蛛网。但如果说这个深层的领域有一个非常自然的融贯性，那是因为关联向这个领域保证了这种融贯性；如果说二级领域是由彼此陌生的元素组成，那是因为这些陌生元素之所以被考虑，仅因为它们与其复本的形式同一性。这些词与最初的词同音异义，但它们之间是异质的。这些隐蔽的环节，没有语义沟通，它们之间唯一的关联就是曲折的复杂性，它们就是通过这个复杂性与起始核心单个地发生关系：

48

课后留校（域Ⅱ）转移到胶（域Ⅰ），涂有胶（域Ⅰ）的白色粉笔（域Ⅰ）产生了白人卡迈克尔（域Ⅱ）；从白人卡迈克尔（域Ⅱ）再降到深度白（域Ⅰ），这个白唤起标记在台球桌边缘（域Ⅰ）上的符号；这些台球桌边缘产生了乌合之众（域Ⅱ），由此，再次投入到台球桌（域Ⅰ）的边沿——野蛮的斗士（域Ⅱ）就诞生于这个台球桌，等等。星状结构立刻指出叙事的任务：找到一个能够让这个星形结构的所有外部点通过的曲线——这些外部点即言词的扎人末梢，它们被最初语言晦暗的炸裂（现在已经暗哑和冷却）抛置周边。必须用新的果壳包住栗子。

现在的游戏就是走完句子扩散所产生的距离，这句子已经独立于所有融贯意指化约为种种同义语。要覆盖这个距离，需要以最快的速度、最少的语词、仅追踪必要和充分的线索：这个太阳式的轮子围绕着它那静止、光芒四射和黑色的中心转向自身，给予语言它自己的规则运动，并将语言带到可见叙事的白昼之中。虽然是可见的，但并非透明，因为支撑它的事物都不可辨认。在语言自由发展的状况下，按照异想天开并受飘忽不定、游手好闲、转弯抹角的想象所支配的这个容量实际说话的，是一种受奴役的、以分毫度量的、精打细算其道路的语言，但这个语言必须走完一个巨大的距离，因为这个语言内在地与那个简单和无声的句子相连，这个句子在语言深处保持缄默。

从星状结构的一个点到另一个点，敞开了一个三角，必

　　　　　　　　　　　　　　　　　　雷蒙·鲁塞尔

须追踪这个三角的基底。也许含糊的介词向（à）所指的正
是这个疆域。这里的任务就是从一点向另一点发动语言，这
需要依据一个包含（即任其引导，但又被其掩盖）自然关联
的轨迹，这个自然关联将白色粉笔头与（à）包粉笔纸的胶
联系起来，将台球杆与拥有台球杆者的首字母联系起来，将
一条旧布料与修补裂缝的织补联系起来（这个关联可以被说
成：需要织补的带子，需要解码的杆头……）。因此，介词
向（à）扮演着两个角色：甚或叙事的工作在于将通道的向
（à）极可能近地带到关联的向（à）；语言线索一点点地从
白（blanc）到胶（colle），而正由此，白人（blanc）变为
"需要惩罚性的课后留校（à colle）"〔使白人在其他人物中
具有自身特征的就是受到"课后留校"（«consigne»）〕。通
过语言装置的劳作，语言装置可以用两个由空无所分离的词
来生成一个实体性的深刻统一体，这个统一体比所有形式相
似性都更为根深蒂固、更为牢固。语词内部张开的空洞造就
了具有奇怪特性的存在物：这些特性似乎在时间之始就属于
这些存在物，并一直镂刻在这些存在物的命运中；然而，这
些特性不是别的，只是语词中某个滑移的航迹。在青年时期
文本中，语言的重复在罕见的存在中进行（再现，且在这再
现的内部是对某个空隙的陈述）；现在，语言只有为了在其
中安置某个虚幻存在论的喑哑装备，才会让自己遭受重复的
距离。语词的散落让存在物未必确实的接合成为可能。在
语言内部流转的非—存在（non-être）充满奇怪的事物：不

大可能者的王朝。唾沫三角洲（Crachat à delta）。有待恢复的博莱罗舞 ①（Boléro à remise）。急奔的龙（Dragon à élan）。在的黎波里 ② 的亏损加仓（Martingale à Tripoli）。

语词间的空隙成为永不干涸的财富源泉。让我们放下关于台球桌的第一领域，来谈谈这诱发场域中的其他群组。偶然而又如这些语词所呈现的，手法机器用相同的方式处理这些语词：这个机器在语词的厚度中间滑动它的薄片，让两种无关的意指在其中按照形式所维持的统一体涌现出来。这些新的起名用对偶有时具有自然的形象（带长插销的房子、有辐条的圈环、带肋形胸饰的外套、橡胶轮子、木制丝网、待消散的咳嗽），但它们常常已经形成一种非常偶然的相遇。如果工程师贝杜（Bédu）在德兹（Tez）安装了一个像水磨（moulin à eau）那样运作的织布机（métier à tisser），这是因为一个最初的相遇："黎明 [aubes（桨叶），曙光] 产业 [métier（织机），职业]。我想到的是一个不得不在大早上起床的职业。"如果纳依赫（Naïr）送给狄兹梅的礼物是一个装饰着"代表最多样化主题小速写" [有点页底悬饰 ③（culs-de-lampe）的样子] 的席子（natte），这是因为

---

① 18 世纪西班牙出现的一种舞会和戏剧舞蹈。——译注
② 利比亚首都，最大城市、主要港口、最大商业和制造中心，公元前 7 世纪由腓尼基人建立。——译注
③ 在书籍的印刷版式中，置于书末或章节末页底部的装饰，通常由三角形的抽象绘画或印刷体小花饰构成。——译注

"齐臀（cul，我想到的是一个非常长的发辫）发辫（natte，女人编发而成的辫子）"。还或，当一个奇妙的偶然以双重形象跃然于心，如勋章／唾沫（crachat）和 Δ／三角洲（delta）这样的词，我们首先想到的是什么呢？与大写的希腊字母具有相同形状、带有三角符号的勋章？或者想到一个人唾喷出如此雄壮、丰裕、江流般的口水，以至于这口水汹涌澎湃发展成罗纳河或湄公河那样的三角洲？鲁塞尔最先想到的是后者。

但我不玩这个游戏。我如何看待这些不太自然的"遇到财富"并不重要。我们寻找纯粹的形式。在语言的种种缝隙中，重要的是偶然性的自主部分，重要的是人们如何在这个部分起支配作用的地方避开它，又在它晦暗失败的地方激发它。

表面上看来，偶然性在叙事表面取得胜利，在从它那不可能性的基底自然涌现出来的形象中取得胜利——歌唱的蛆、作为管弦乐队演奏者的树干人（homme-tronc）、吐血写下自己名字的公鸡、佛卡尔（Fogar）的水母和贪吃的女士洋伞。但这些既无种属亦无家族的怪异性都是必然的相遇，它们精确地服从着同义词法则和最为正当的经济原则；它们是不可避免的。如果我们对此一无所知，那是因为这些怪异性是在一个灰暗必然性的外部和虚幻面上表现出来的。但一入迷宫（我们看不到这个入口，因为它不无矛盾地位于中心），真正的偶然性就不停地猛冲出来。从四面八方而来

52

的语词、无处安身的语词、句子碎片、现成语言的古老拼
接和新近的结合——整个语言只有在听从它自己的运气、顺
应它自己的命运时才有意义，整个语言被盲目地提供给手法
的伟大布景。起初，只有这些运气，任何工具、诡计都不
能预见其结果；随后，神奇的机制控制了这些运气，转化
它们，用同义词游戏加倍它们的不可能性，在它们之间开辟
了一条"自然的"道路，最后将它们交付给细致入微的必然
性。读者以为认出了想象那没有套路的习惯做法，但其实那
里的语言巧合都是经过有序处理的。

　　我想我们在此看到的不太像是一种自然而然的写作，而
是最为清醒的写作：这个写作本身精通偶然的所有不可感知
和碎片化的游戏，充满所有它本可以狡诈溜走的空隙，去除
空隙、消除迂回、驱除在人们说话时流转的非—存在；这个
写作组织了一个完满、牢固、庞大的空间，在这里，语词
只要保持服从语词的**原则**，就不会受到任何威胁；这个写
作安置了一个言词的世界，其种种元素站立起来且彼此紧
靠，消除了意外情况；这个写作让语言如雕塑一般：拒绝梦
想、沉睡、惊讶，总之拒绝事件，这个语言能够向时间发
出根本的挑战。但这一切在显露语言可能性的仍旧沉默的

路线上，整个摒弃了源于言说者的全部偶然（hasard）。随
机（l'aléatoire）的本质在于不通过语词言说，且不让人瞥
见它的蜿蜒曲折；它是语言的蜂拥而入，是语言的突然呈
现：它是涌现语词的贮藏之地——它是语言相对自己的绝对

　　　　　　　　　　　　　　　　　　　雷蒙·鲁塞尔

退后，它使语言说话。随机的本质不是光线纵横交错中的黑夜，一个被照亮的沉睡，或一个昏昏入睡的觉醒。随机的本质是清醒不可化约的边界，它指出：在言说那一刻，语词已然在此；但在言说之前，什么也没有。未及觉醒，并无清醒。但天一亮，黑夜就倒在我们面前，已然炸裂成顽固的碎石，这就需要我们用这些碎石制造我们自己的白昼。

在语言中，唯一严肃的骰子游戏（aléa①），不是内部相遇的骰子游戏，而是起源的骰子游戏。纯粹事件既在语言之中又在语言之外，因为事件形成了语言的初始界限。显示事件的不在于语言是其所是，而在于存在着语言。而**手法**正在于涤净话语中所有这些"启发"、幻想、奋笔疾书所造成的虚假偶然，以便将话语置于令人难堪的明见性面前，即语言从一个完全清晰、不可掌控的黑夜深处抵达我们。取消文学的运气、偏见和近道，让更具天意的偶然的直达路线显现出来，这个更具天意的偶然就是与语言的涌现同时发生的那个偶然。鲁塞尔的作品——这是它逆文学潮流而生的理由之一——是按照最不随机的话语来组织最不可避免的偶然的一个尝试。

---

① 法语词 aléa 来自拉丁语 alea，由恺撒度过卢比孔河留下的名句"Alea iacta est"（骰子已经掷下）而来，其本意是骰子游戏，引申出偶然事件不可预期、不可挽回、变幻莫测甚至包含风险的决定意义。福柯在此连续使用不同的词 hasard（偶然）、aléatoire（随机）、aléa（骰子游戏）来表示形成语言的原初事件所具有的特征，翻译也采用不同的中文词，以示区别。——译注

这种尝试取得了很多胜利。必须提及其中最耀眼的那一个，因为凭借诸多引用，这个胜利成了鲁塞尔唯一的经典段落。以下是问题："①小岛（îlot，小型岛屿）之鲸（Baleine，海上哺乳动物），②希洛人（ilote，斯巴达奴隶）的韧条（baleine，小薄片）；①以拥抱告终（accolade，决斗后敌对双方和解并就地相互拥抱）的决斗（duel，双人搏斗），②大括号（accolade，印刷符号）里的双数（duel，希腊语词的数①）；①令人耻笑（raille，这里我想到的是一个怯弱的天真者，他的同事们嘲笑他的无能）的软弱（mou，软弱的人），②做轨道（rail，铁路的轨道）的肺（mou，烹饪材料）。"以下是解决办法："雕像本来是黑色的，并且初看起来浑然一体；但逐渐可以看到朝各个方向划出的沟痕，并总体上形成无数相同的簇。实际上作品仅仅是按照塑造品的需要，由无数被切割和弯曲的紧身褡韧条组成。平头钉的尖儿大抵在软薄片内部弯曲，使它们巧妙并置且毫无缝隙地连接在一起……雕像的基部放在一个非常简单的车上，车的低矮平顶和四个轮子是用其他灵巧组合的黑色韧条制作的。两条狭窄轨道用未经加工、淡红色和胶质的材料（这个材料不是别的，正是牛肺）制成，这两条轨道在熏黑的木制表面上排成直线，用它们的凸起，不然就是用它

———————————

① 福柯写作希腊语词的时态（temps de verbe grec），但这里"双数（duel）"指的是人称中包含两个人的数的概念，比如"我们俩""你们俩"或"他们俩"，"双数（duel）"并非时态概念。在此予以修正。——译注

们的颜色，制造出一块真实铁路的错觉；四个静止的轮子正好适配这两条轨道，而且还没有压碎它们。可以通车的地板构成下方全黑底座的上部，底座正面间格上写着如下白色铭文：'希洛人萨里布斯基（Saribskis）之死。'在这行字下面，仍然是雪白的字体，我们看到这个半希腊语、半法语，带有纤细大括号的图形：**双数**。"

取消一个这样根本的偶然，是如此简单又是如此艰难，除了碰语言的运气外，别无其他。

希洛人（Ilote）与小岛（îlots）重叠，还或通过简单的语音扭曲，就可以构造整个封建城堡及其枪眼和主塔，且带有地下桩脚（木制塔形堆积物）：这城堡会起建于一股漩涡。"我随便选了一个句子，通过拆散这个句子而从中抽取画面，这有点像从中提取谜语。"例如，"我的鼻烟盒里有好烟（J'ai du bon tabac dans ma tabatière）"这句话就给出了"玉石（jade）、管道（tube）、波纹（onde）、沉闷的三度晨曲〔aubade en mat（objet mat，晦暗的东西）à tierce〕。"工兵卡蒙贝（le sapeur Camember），尽管"不大可能"，可以表示"没胡子的绿侏儒"（un nain vert sans barbe）。

为了指出这个新技术，鲁塞尔说"手法会演变"，就好像这手法撇开他，涉及一种同时出乎意料、自然而然、自带创造性的运动，以至于在毕劳第埃尔（La Billaudière）面前，他的金属斗剑人跟着他又抛开他完成了这一切："突然，机械臂做出了好几个熟练、迅速的假动作，然后忽然伸长，向巴尔贝（Balbet）来了一记右勾拳，尽管众所周知，巴尔贝很灵巧，但他没能闪避这准确无误、令人赞叹的一击。"这是手法的新片断：在深处亮出剑尖，出乎一切预料地直击忠诚的对手——即读者，或者语言，还或者鲁塞尔本人：他们站在两边，在机制背后准备发动机制；却实际上是在机制面前，徒劳地闪避其打击而无力还手，徒劳地闪避机制那出乎意料的致命之剑，这致命之剑凭借一个惊人的交锋，找到开口，命中对象，最终穿透了它。

在这个表面自然的"演化"中，新颖之处广阔无边。比起之前从"克制的白"、"决绝的任性"中分离出第一层意指的审慎暴力，这个爆炸尤其更加强烈。因此，这涉及让同一个言词表面的两个侧面彼此分离；现在，正需要在语词的大量有形物上，在使语词具有物质厚重的事物内部，让同一性元素暴露出来，这些同一性元素就像会立即重新陷入其他言词整体的微小薄片，而这其他整体的尺寸则是无限巨大的，因为这涉及包裹语词那秘密爆炸所覆盖的体量。就像能干的吕克苏（Luxo）为巨富大贵族的疯狂婚礼而运到阿根廷的烟花爆竹，"我有好烟"在自行点燃的同时，打开了一整个亚洲式的美妙夜空："半透明的画面让人想起东方景色。在纯净的天空下，展开了一座充满诱人花朵的灿烂花园。在大理石池塘中央，从玉石管道中喷出的水优雅地划出细长的弧线……离大理石池塘不远的窗户下，站着一位盘发青年男子……他朝一对情侣，抬起他那充满灵感的诗人的脸，用一个亚光的镀银金属传声筒，以自己的方式唱着哀歌。"玉石，管道，波纹，晨曲，亚光……

随机场域失去了与我们所知场域的所有共有尺度。之前可能变化的数量只是同一个词的字典或用法条目给出的数量：所以总是可能直接找到可相互引发的对子。鲁塞尔在这些词上进行斟酌的秘密只不过是一个事实，我们可以绕过它［例如，军士以拘留几日的方式惩罚漂亮的佐阿夫兵（zouave）情敌，这个片断无疑通过"遮光帘的缺口 / 发火的嫉妒"（jalousie à crans）的缝隙溜了进来］。现在，起名句永远未知；为了重新找到这个句子，要穿过过多的分枝、踌躇于过多的十字路口：起名句被粉碎了。在那里，躺着完全迷失的语词，这些语词的尘埃混杂着其他语词的尘埃，在我们面前的阳光下跳舞。我们仅知道这可能涉及维克多·雨果的某些诗句［"罗马的王冠被当作令人高兴却无价值的事物"（Eut reçu pour hochet la couronne de Rome）炸裂成虞荷素尔（Ursule）、梭鱼（brochet）、湖（lac）、于浩纳（Huronne）、鸨（drome）］，涉及某个鞋匠的地址［埃勒斯坦，万多姆广场 5 号（Hellestern, 5 place Vendôme）挥发成螺旋桨（hélice）、旋转（tourne）、小咖啡馆（zinc）、平淡（plat）、成为（se rend）、圆屋顶（dôme）］，涉及凯兰达什（Caran d'Ache）的绘画传说，涉及巴贝（Barbey）新闻的标题，涉及尼布甲尼撒（Nabuchodonosor）宫殿深处着火的书信［佛卡尔用藏在腋下（aisselle）的操纵杆（manette）点燃灯塔（phare）的片断］。鲁塞尔本人也丢失了其他大部分钥匙，除非侥幸，我们也不能重新发现这个原初语言，我们不知道原初语言的语音碎片在哪里，我们只能看到这些碎片在给予我们的那些奇景表面发出的光。像"我有好烟"（J'ai du bon tabac）这样的句子所准予的散布形式是无限多的，每个音节都有可能之路：松鸦（geai）、杀（tue）、凯歌（péan）、你的酒神女祭司（ta bacchante）；还或者：抛（jette）、于布（Ubu）、低级耻辱（honte à bas）；还或：我有助于一幅好算盘（j'aide une bonne abaque）……很容易看到，所有这些解决办法*60* 在鲁塞尔优先考虑的那个解决办法旁，都缺乏丰富性；而为了从熟悉的月光走向巴格达（Bagdad）的夜晚，需要对偶然性的某种计算，也许还需要在如此多的可能星辰中找到一条混杂的道路。所呈现和被掌控的风险都是巨大的，这让人想到《独地》第二章的机器：钉微小路砖的轻型工具用无痛又迅速拔出的人类牙齿做了一幅镶嵌画，一种复杂的机制使它能够盗用成堆的多彩门牙，通过选择可放在适宜位置的门牙，直至拼贴成画。这是因为发明者已经找到办法可以在最微小细节上提前计算每一阵风的力量和方向。从而，一个绝妙的机制依靠最大的不确定性，将鲁塞尔从人嘴里拔出的五颜六色音节安放在最偶然的运动中。我们知道关于康特莱尔机器的一切，但对他如何计算气流一无所知。我们也非常

　　　　　　　　　　　　　　　　雷蒙·鲁塞尔

清楚鲁塞尔的手法：但为什么是这个方向，为何做出这个选择，什么倾向和灵感支配着从语言中解开又重新建立语言的音节呢？鲁塞尔不无睿智地说："我们用韵脚可以做出或好或坏的诗句，与此相同，我们也可以用手法写出或好或坏的作品。"

这就是被抛回作品内部的最初偶然，它不是作为侥幸的发现，而是作为如语词被给予的那样摧毁和重建语词的无数可能性。骰子游戏不是确定元素的游戏，它是对毁灭的无限且时刻更新的敞开。在这通过不断毁灭而被增衍、维持和翻转的偶然中，语言的生死相互沟通，并诞生了这些静止、重复、半死不活、既是人又是物的形象，这些形象出现在艾居（Ejur）的舞台或马歇尔·康特莱尔的复活间。

鲁塞尔的语言被带入这种自我毁灭（也是自我诞生的偶然）之中，这个既随机又必然的语言描绘了一种奇怪的形象：正如所有的文学语言一样，这个语言是对日常反复思索的暴力摧毁，但它又无限地保持在这个谋杀的宗教仪式般的动作之中；这个语言如日常语言一样毫不休止地重复，但这个重复的意义不是为了传承和继续；在对某种抛出必然难以听见回响的沉默的取消中，这个语言保存其所重复的事物。鲁塞尔的语言一开始就是从已经被说过的事物开始，这个已经被说过的事物就是鲁塞尔在偶然最无规则的形式中所接纳的事物：不是为了将已经被说过的事物说得更好，而是为了让已经说过的事物服从来自爆炸性摧毁的第二次骰子游戏形式，并通过把这些散乱、呆滞、无定型的碎片放在最难以置信的地方，来让它们诞生出意义。这远不是一种寻求开始的语言，它是已经被说出的语词的第二个形象：这是一直由摧毁和死亡加工而来的语言。这也是为什么鲁塞尔拒绝称自己是原创这一点对他来说是根本。鲁塞尔的语言不寻求有所发现，而是在死亡之外，重新找到这刚刚被他屠杀的语言本身，重新找到这个同一和完整的语言。从本性上来说，这个语言是重复性的。当这个语言第一次说出从未见过的物件、从未设想过的机器、奇形怪状的植物、连戈雅（Goya）都没有梦到过的残疾人、饱受折磨的水母、血液肮脏的少年，这个语言小心翼翼地隐藏着这样一个事实：它说的只是已经被说过的事物。甚或，这个语言在身后声明的最后时刻才揭示这个事实，从而用意愿的死亡打开了语言的一个内在维度：语言将自己杀死，且语言在其尸体的粉碎光辉中复活。定义诗歌之距离的，正是在这永远如此的语言中那死亡的突然空无和星辰的随即诞生。

鲁塞尔说"这本质上是诗歌式手法"。但鲁塞尔之前依照一种赎罪式的缄默（这似乎为他的所有行事方式定下了基调），同时证成和缩减着他如此声明的意义："总之，手法与押韵相近。这两种情况都存在着由语音组合而来的出乎意料的创造。"如果我们给予"押韵"最宽泛的意思，如果我们把这个词理解为语言中所有形式的重复，那么鲁塞尔所有研究的容量就正是在各种押韵间获得的：从以叠句方式带领

青年时期文本的伟大游戏性押韵，到手法（I）的成对字词
让从未被陈述的语词不合常理地发出有声回响，直到手法
（II）的音节—亮片（syllabes-paillettes）在文本中（但不
为任何人地）指出无声爆炸（总是言说之语言的死亡之地）
的最后光芒。在支配鲁塞尔作品四个核心文本 ① 的这最后一
个形式中，韵脚（衰减到一种模糊且常常是非常不确切的共
鸣）只是在承载某种重复的痕迹，这个重复更为强烈、赋有
更多意思和可能性、带有更为沉重的诗意：在取消语言的巨
大而又细致入微的装置之外，语言对自己的重复原样重现，
由同样的材料、音素以及等同的语词和句子构成。从偶遇语
言的散文到这个从来还未说出的另一散文之间，有一个深刻
的重复：这不是对人们所重述事物的侧面重复，而是一种彻
底的重复，这个重复越过非一语言，并在这被释放出来的空
无上必定成为诗歌，尽管这个重复在风格的表面上是最为平
淡的散文。平淡，是鲁塞尔的非洲诗意（"尽管已经日落，
在邻近厄瓜多尔的这片非洲地域里还是炎热难当，我们每
个人都因这不带来丝毫微风的暴雨温度感到极为不耐烦"）；
平淡，是康特莱尔的奇妙退隐（"他完全能够不受巴黎的纷
扰侵袭——而当他的研究需要在这种特定图书馆停留之时，
或者当他需要在惊人流行的会议中向学术界做某种耸人听闻
的交流之时，他也能在一刻钟内就赢得首都。"）但这平淡

---

① 《非洲印》《独地》《额头上的星星》和《太阳粉尘》。

的语言，对最常使用语言微不足道的重复，是在一个死亡与复活的巨大装置上铺开的，这个巨大装置完全可以既让语言与之相分离，又让语言成为它的一部分。这平淡语言的根基是诗意的，因为诞生它的手法，因为这庞大的机器指明了起源与取消、清晨与死亡的无差别点。

雷蒙·鲁塞尔

第四章　黎明、矿场、水晶

　　无与伦比者的盛会中，第三个形象是鲍勃·布沙海萨斯（Bob Boucharessas），四岁，前额有一颗模仿之星："这个可爱的小小孩以难以置信的熟练和奇迹般早熟的才能，开始了一系列极富说服力动作的模仿；火车开动的各种噪音、所有家畜的叫声、锯子切削石头的咯吱作响、香槟塞子突然蹦出的声音、液体倒出的汩汩声、狩猎号角的逐鹿号声、小提琴独奏的声音和大提琴的哀怨琴声，这些形成了一个令人惊异的宝库，它可以让闭上眼睛的人一时产生关于现实的完整幻象。"这个模仿（对事物的拆分，且在用动作拆分事物的同时回到同一性）的形象几乎操纵了**无与伦比者**的所有壮举（之所以如此，因为与现实相比，无与伦比者的壮举总是更美好，它为现实提供了一个绝无仅有的完美再现），以及**孤独之所**（Lieu Solitaire，可能是唯一的，因为在其种种小径的转弯处复本盛行）的所有场景。这些进行拆分的奇观可以有多种形式：人——或活物——脱离自身，与事物同化，以便从中分离出可见的现实，用来乔装自己（鲍勃·布沙海萨斯，或在康特莱尔的液态钻石下变成水生竖琴螺的舞者）；物——或动物——滑出它们自身的界域之外，通过服从种种秘密法则，酷似人类动作，这个人类动作是任何规则都无法理解的，或者也许最为符合其最复杂的法则〔马修斯·布沙海萨斯（Marius Boucharessas）的猫玩着捉人的游戏，公鸡摩普索斯（Mopsus）泣血疾书以及不可战胜的金属斗剑人〕；模仿复制品的形象从这些复制品中提取它们所模仿的内容，以便在一个难以确定的层级上重建这些内容：这是一种提升了的层级，因为它涉及一个重迭的拆分；但这个层级又很简单，因为这个拆分过的模仿被重新引入第一层级的现实（飞舞的撞锤用人类的牙齿表达长久以来口口相传的古老传说；海马脑袋上套着凝固的苏玳葡萄酒 ① 描绘了古老的**日出**寓意）；模仿戏剧拆分的那些舞台穿入这些拆分，以使这些拆分过度膨胀，直至非现实的边界〔通过在多彩烟雾的漩涡中雕刻的画面，一个虚构片断复制了罗密欧（Roméo）的最后一幕〕，或者为了让这些拆分再现演员的简单真相，而这演员就是这些拆分的双重代理人〔肥胖的芭蕾舞女演员被还原为被鞭子抽打的老陀螺；或者，构成反面形象的事物，康特莱尔的妙法将演员劳兹（Lauze）变成

67

---

① 苏玳葡萄酒（Sauternes），法国波尔多苏玳地区所产的甜白葡萄酒，酒液一般呈金黄色。——译注

　　　　　　　　　　　　　　　　　　雷蒙·鲁塞尔

一种表面生活，但这仅仅适用于那个能够让演员达到其完美状态的舞台〕；最后——最后的且是第五个形象——，复制自身的无限模仿，这形成一条战胜时间的单调路线〔这是康特莱尔对复活素（résurrectine）与生命体（vitalium）的双重发现，这个发现能够以无休止的生命翻版（réédition）充斥死亡；这也是佛卡尔的树：这棵树的棕榈叶轻盈、闪耀、颤动，构成这些内容的分子如此地敏感，以至于它们的次序和颜色精确地再现了它们所覆盖的空间；这些分子因此能够记录书中的图像（images，本身就是重复长久以来被重复的传说），并不停地复制这些图像，复制品的线条如此干净、颜色如此新鲜，甚至能在地面上投射出映像的映像……〕。

所有这些独一无二的壮举都是二级的，所有这些无与伦比的壮举都是重复。也就是说一切都总是已经开始了；闻所未闻之事也已是当然之事，语言深处的语词已经在所有记忆之外被言说过了。蔚为奇观的是，重新开始诞生于绝无仅有，又严格地按照与绝无仅有相似的样子重建绝无仅有，但从此这也只是没有还原可能的复制品。在这些机器和舞台深处，已经有了它们的结局，就像手法负责重新带回表面的那些语词已经隐藏在手法深处。

惊人的重复机器所隐藏的仿造物实际上比它所展示的更多。从《独地》的第一条小路开始，这个大地的孩子伸出双臂做出神秘的献祭动作，他的座石以不容置辩的方式指出这个献祭动作有关"驱蛔 ^① 联盟"（Fédéral à semen-contra），他那黑色的身影意味着什么呢？他旁边的高浮雕表现的是"身着红衣的独眼龙……指出一块带有绿色大理石纹的石块上有许多稀奇之处，在这个石块表面上，半插着一块金锭，金锭上浅浅地刻着自我（Ego）这个词，并带有签名和日期"，这又是想说什么呢？那么这样到处被沉默地指出但又在被给予的那刻抽离的财富是什么呢？所有这些场景就像演出，因为它们展示它们所展示的，但并不展示它们自身中的事物。在光芒四射的可见性那里什么都不可见。康特莱尔在他的眺望台尽头竖起的闪闪发光的水钻石也是如此，吸引目光的太阳光辉过于耀眼，结果什么也看不到："这巨大的宝物高两米宽三米，被做成椭圆形，在大太阳的光芒下放射出几乎难以忍受的光辉，宝物装点着指向四面八方的闪光。"

因此，鲁塞尔在同步展示奇观之后，给出了这些奇观游戏所代表的秘密故事。由此就有了一个围绕对象、场景和机器的"二次导航"，这些对象、场景和机器不再被处理成空间的神奇游戏，而是被处理为唯一、固定（或是少有时间因素）和可无限重复的扁平叙事：第二层级的语言用来在符号中重建所指，在同时性中重建语言所凝结的接续，在

①　蛔蒿（semen-contra）又写作 Artemisia cina，菊科绢蒿属植物，耐寒多年生半灌木，在植物学上又称"山道年蒿"。从其干燥头状花序中提取的有毒药物"山道年酸"的衍生物是最早的驱蛔药之一，用于人及其他动物，口服给药。现已为效力更强、毒性更低的药物所代替。——译注

　　　　　　　　　　　　　　　　　　　　雷蒙·鲁塞尔

反复重申中重建反复重申所重复的唯一事件。这个二次导航是围绕（《非洲印》中的）大陆整体的海岸周游，或是围绕（《独地》中的）每个形象的近海航行。在这重新发现的时间中，每个场景元素都在它自己的位置上并以它自己的含义被重复；例如，我们知道高浮雕上的独眼侏儒是一个宫廷小丑，国王死的时候告诉了他一个在王朝史中上溯久远的秘密，这个秘密将王朝的统治建立在一块具有象征意义的纯金锭上。叙事回到开启叙事的起始时刻，取回在开始时树立为缄默徽章的图景（image），并说出这个图景想要说的内容。形象与叙事（figure-et-récit）的总体就像之前生成式文本（textes-genèse）那样发生着作用：之前，种种机器或演出占据着同构句子的位置，这些同构句子的奇怪图像（images）形成了语言猛然抛入的那个空无；而形象与叙事穿过的往往是一个无边时间的厚度，它谨小慎微地重建时间，形成了这些没有语词的形式那被言说过的时间。这个时间和这个语言重复着起名形象，因为它们阐释这个形象，将之带到它的最初事件中，并将之重新引向它的当前气质。但也可以说（而这并没有出现在生成式文本那里）机器重复着叙事的内容，机器依据像语词那样战胜着绵延（durée）的翻译系统，在时间和语言之外，提前规划了叙事内容。因此，这个系统是可逆的：叙事重复那重复叙事的机器。

　　至于含义的滑移（在同构句子中是基本的但又是表面的），现在，它被隐藏在诸机器内部，而诸机器的结构是由

70

一系列起名语词秘密地支配着，诸机器则依据**手法**的法则进行重复。因此，鲁塞尔的机器分岔且神奇加倍：诸机器用被言说过的、融贯的语言重复一个缄默、炸裂和被摧毁的他者；诸机器也会用没有语词的、静止的图像重复具有漫长叙事的历史：重复的正交系统。这些机器正位于语言的衔接之处——死去和活着的点：这些机器是诞生于被取消语言（因此是诗歌）的语言，这些机器是在先于话语和语词的语言（还是诗歌）中形成的形象。在超出言说者和言说者所不及的地方，诸机器是与自己押韵的语言：重复仍然活在语词中的过去事物（用机器形成的同时形象将之杀死），在被言说的内容中重复一切沉默、死亡、秘密的事物（让它活在可见的图像中）。大约在语言同时是死者和凶手、自我复活与自我取消的模糊时刻，押韵产生回响；此时，语言活在保持在生命中的死亡里，而语言的生命本身在死亡中延展。在这点上，语言就是重复，就是死亡与生命相互反映并共同成为问题时的映像。鲁塞尔发明了种种语言机器，这些语言机器也许在手法之外没有别的秘密，除了所有语言与死亡所具有的那种保持、解开、收回和无限重复的可见和深刻关系。

《独地》的中心形象以非常易于辨认的方式对此给予了肯定；康特莱尔在此（我们一定会意识到的地方）解释了一种手法，不是这个手法，而是这个手法与鲁塞尔语言整体的关系：手法的手法。"师傅在及时适当冷冻了的尸体上

雷蒙·鲁塞尔

长期练习，在大量探索之后，终于用一部分生命体和一部分复活素组合成了以丁四醇为基础的淡红色物质，这个淡红色物质通过侧面凿穿的开口注入这个已故者的头颅，在处处绷紧的神经周围自行凝固起来。因此，只需由此造一个与生命体（易于以短茎形式在注射口导入的褐色金属）相连通的内部封口，就能让原本各无生气的两个新躯体立即放出一股强劲的电流，这股电流穿透神经，战胜尸体的僵硬，并赋予主体一种惊人的人造生命。"我稍后还会回到这些制成品的复活效率。现在，我只提请留意这一点：康特莱尔的配方包含两个制成品，少了任何一个都不会起作用。第一个制成品，血的颜色，它留在尸体内部，为易碎的骨髓包裹着一层硬皮。它僵硬，具有死物的生硬；但它保护死物，并将之保存在这个为可能发生的重复充当替代的死亡之中；它不是重新获得的生命，而是被包裹成死亡的死亡。至于另一个制成品，则是来自外部，它为秘密的壳带来瞬时的活力：运动随之开始，过去重新回来了；它解冻了时间中的死亡，并在死亡中重复时间。复活素像不可感知的蜡和坚固的空无那样在皮肤与躯体之间滑移，它具有像表面语言和起名语词之间的重复、韵脚、谐音、变换一个字母的词形变化同样的功能；鲁塞尔语言不可见的深度在纵向上与它自己所维持的摧毁进行沟通。复活素的水平茎，时间的承载者，就像二级语言那样发挥作用：事件的线性话语在重复那回返的缓慢言说曲线。就好像鲁塞尔在死之前，在一部正好使用了手法的作

73 品中，提前使之复活，这多亏了所有这些活着的死亡形象，或更确切地说，多亏了所有这些在中性空间中漂浮的身体，在这个中性空间里，时间在死亡周围产生回响，就像语言在其摧毁周围产生回响。

在鲁塞尔机器的基本运作中，这些机器让所有言说都经过取消的绝对时刻，以便在某个完美的模仿中（只有在这个模仿与其模型之间，死亡的黑色薄片才能溜进来），重新找到与其自身拆分开来（但又与自身相似）的语言。所有在艾居广场或**孤独**花园出现的"幻景"的模仿本质（戏剧性在模仿的厚度本身之中，而不仅仅在其呈现中）正在于此：康特莱尔冰冷房间里的那些场景所呈现的死亡拆分，同样萦绕在鲍勃·布沙海萨斯的精湛技艺中，不管是在这里还是在那里，生命在它的界限之外被重复。孩子模仿死物，康特莱尔处理的死亡模仿生命：它"以严格的精确性"仿造"它在其实存如此引人注目的片刻所完成的哪怕是最小的运动……而生命的幻象则是绝对的：观看的流动性，肺部的连续游戏，言语，多样的行动，行走，一个都不少。"

由此，复本效应不停增衍：起名词被重复两次（第一次是在机器的场景中、在壮举的场景中，第二次是在其解释或 *74* 历史评论中），诸装置根据时间序列在二级话语中被重复，叙事本身反过来被装置重复——这装置在使叙事变为新现实的同时，被叙事赋予了生命的精确模仿又复制过去（常常以无限系列）并拆分当下：系统增衍韵脚，在那里，需要重复出现的不仅是音节，还有语词、整个语言、事物、记忆、过去、传说、生命——死亡的裂缝将所有这些与它们自身分离并拉近。应该聆听鲁塞尔所言："总之，手法与押韵相近。这两种情况都存在由语音组合而来的出乎意料的创造。本质上这是一个诗意手法。"诗歌，语言的绝对分割，它把语言重建得与其自身等同，但却在死亡的另一边；事物与时间的押韵。歌唱的纯粹发明诞生于忠实的回响。

这就是史蒂芬·阿尔科特（Stéphane Alcott）及其六个儿子在艾居的平原上所显现的。六个儿子骨瘦如柴，根据声音的虚拟建筑学，他们按照预先考虑好的距离排列；他们被挖空了胸腔和肚子，每个人都造得像圆括号里的空穴一样："父亲用手做出喇叭状，以低沉而又响亮的音色朝长子的方向喊出自己的名字。立刻，四个音节以不规则音程出现：史蒂芬·阿尔科特，在六个巨大的曲折点上被接续重复，配角们的嘴唇纹丝不动。然后，史蒂芬从言说走向歌唱，发出男中音的强劲音符，这些音符如愿以偿地在线条的不同拐点发出回响，伴随着练声、颤音、空气碎片——以及以片言只语传颂的快乐流行副歌。"（我们相信理解了这些完全现成的歌词片段，鲁塞尔的手法在他语言的厚度中以回响重复的就是这些片段。）而人的身体通过重复隐藏在语词中的神奇力量，转化为主教堂之声。

也许，最响亮的回响，也是我们最少听到的。最可见的模仿，也是观看最容易遗漏的。

鲁塞尔的所有装备——机器装置、戏剧形象、历史重构、杂技、戏法技巧、修整、人为方法——清晰程度和密度大小不一，不仅是隐藏音节的重复，不仅是对有待发现的历史的形象化，还是手法本身的图像。这是不可见的可见图像，可感但不可辨认，刹那间被给予却没有解读的可能，它在拒绝观看的光芒中呈现。鲁塞尔的机器可与手法等同，这一点是清楚的，但这个清晰并不言说自身；这个清晰独一无二，只向观看提供空白页的缄默。为了让手法的迹象显现在这空无之中，就需要身后文本，这个身后文本并不在可见形象上添加解释，但它让人看到这些可见形象中已然光芒四射的事物，这些光芒四射的事物压倒一切地穿过感知，并使感知盲目。死后的这个文本（不时显出某种未实现之期待的效果，像是怨恨于读者没看到本来就在那里的事物）必然是在这些机器和神奇场景诞生之时被规定的，因为这些机器和神奇场景没有这个文本也无法阅读，而且，鲁塞尔从来不想有任何隐藏。由此，就有关于揭示的最初句子："我总是企图解释我如何写作我的某些书。"

在《非洲印》中，在《独地》中，在所有以"手法"写作的文本中，在语言的秘密技术之下，隐藏着另一个秘密，这个秘密像语言的秘密技术一样，既是可见的又是不可见的：它是手法一般机制必不可少的一个部件，是命中注定带动指针和轮子的力量——鲁塞尔之死。而在歌唱无限重复的

雷蒙·鲁塞尔

所有形象中，在巴勒莫的那个唯一和决定性的动作作为一个已经呈现的未来被记录下来。在作品的种种长廊中以回响互相呼应的所有这些沉闷敲打声——我们能在其中很好地辨认出某个事件有节奏的前进，这个事件的承诺和必然性每时每刻都在重复。由此，我们在鲁塞尔的整个作品（不仅仅是最后一个文本）中重新发现了一个结合"秘密"和"身后"的⁷⁷形象：在此，每行文字都与其真相分离——然而也显现，因为非—隐藏——，而这是通过与未来死亡的关联完成的，这个关联交给身后揭示一个已然可见、已然在充足光线下的秘密。就好像为了看到要看的，观看需要死亡的拆分式呈现。

不可见的不可见性穿过《非洲印》和《独地》的所有形象放射光芒，在其中指出**手法**，这是一项有朝一日必须着手的巨大任务；但只有当鲁塞尔的作品及其周边得到了更好的认识，手法才能一点一点地得以指明。举例来说，以下仅仅是一部机器［贝杜（Bedu）的织布机］，以及**无与伦比者**的盛会在它们一般仪式中的最初形象。

如果这个节庆充满偶然（当然除了进入系统的引导词），我不会感到惊讶。在构成《非洲印》"有待解释"部分的九个章节中，让我们将前两章和最后一章先放在一边——这部分谈到对犯人的惩罚和蒙塔勒斯科（Montalescot）的考验。从第三章到第八章，不同的遇难者依角色次序分别完成了他们获得自由的壮举。但为什么弹奏齐特拉琴的蠕虫出现在年轻女孩佛图那（Fortune）所在的同一系列中？为什么应声虫（hommes-écho）与焰火出现在一起？为什么哀婉动人的阿迪诺珐（Adinolfa）与在自己的截肢上玩民俗风的人在同样的队列组中？为什么是这样的次序，而不是某个其他次序？系列形象的编组（通过章节显示出来）肯定有它自己的含义。

我想我们能够在第一方阵（第三章）中认出有掌控的偶然的形象。二元形式的掌控：两个对称的杂要演员（其中一个是左撇子）构成了珠帘两端相互映照的镜像。按照某个游戏规则的掌控（形象二：一窝生小猫均分两组，学会了玩对垒追逐游戏）。通过拆分模仿进行的掌控（形象三：孩子呈现为最混杂事物的一个复本）。然而，这偶然同时也具有取之不竭的财富［形象四：年轻女孩伪装成**命运**（Fortune，财富）女神］，不过，鲁塞尔说"还需要懂得利用这个命运 / 财富"：由此而来形象五，（格拉斯步枪）枪手几枪把鸡蛋的蛋黄和蛋白分离开来。实际上，只有通过话语性知识，通过能够预见、超越和战胜风险的机制，才能克服偶然（形象六：金属斗剑人躲过最不可预见的假动作，打出无以还击的招数）。我们肯定也能碰到某种无论如何有些偶然的荣耀（形象七：孩子凭借他自己的诡计及其牺牲的珍贵动物，被老鹰叼走）。这个被打败的偶然的荣耀是通过三种手段表现出来的：一个是利用温度的变化（有什么更不可预见的？例如，康特莱尔、飞舞的撞锤和风的流动方式）来作曲，另一个是用磁棒发现珍稀的石头和金属，第三个是竖立的蠕虫并足直跳，在某种漏刻上演奏乐曲（形象八、九、十）。这是手法的第一级：接收而不是取消语言的偶然，以便将这个偶然纳入语言的韵脚，预测和引导这个偶然，发现其财富，并从其最小裂缝上一点一点地沁出歌唱。蠕虫的扭动从它钻入的水团中释放出各种各样的小水滴，这些小水滴掉落时发出协调的音符，这难道不正是语言流中那些不知所以的选择？它们被孤立、抛射在其最初的声音之外，并与其他声音一同颤动，形成一架美妙的机器。从复本的、镜像反射的并被子弹的迅疾轨道所连接的形象，到用诸多音节—小滴连续发出某种多音语言的蠕虫，我们重新发现了手法的曲线本身，这正如在《我如何写作我的某些书》中精确追踪的那个曲线——从"白人书信"开始，直到雨果的诗句散布成未来的明珠（鲁塞尔在其身后文本中将蠕虫—蚯蚓与雨果的押韵诗行进行了可恶的比较，而我们知道诗歌《我的灵魂》正是基于雨果—鲁塞尔的一致建构的）。

我认为第四章（第二方阵）是复本语言之歌（形象十一：卡迈克尔就是达鲁的提词器），这个语言重复历史（形象十二：画像面前的会议）或事物（形象十三：自然科学的证明）。这个语言有拆分言说主体的奇怪力量，使之同时拥有多个话语［形象十四：树干人与管弦乐队；形象十五：吕多维克（Ludovic），多口演唱者］。也就是这个语言能够在一种纯自动机制——在反射之上和之下（形象十六：会说话的被斩首者；形象十七：胫骨笛）中展开，让不说话的事物说

80

话（形象十八：健谈的马；形象十九：多米诺骨牌、纸牌和钱币，依据精心布置的偶然对这些事物进行简单的空间布局，就像起名词构成叙事那样，塑造出某个图景），给人类言说一种幅度，一种还从来未知的力量（形象二十：奇幻代言人）和一种戏剧性拆分的能力，在那里，模仿等同于其所模仿的生活（形象二十一：著名女演员阿迪诺珐直到舞台后台还在倾注"清澈和丰裕的泪水"）。

应当在第三系列（第五章）看到戏剧（形象二十二）及其失败（形象二十三：陀螺舞者与其受到的鞭打；形象二十四：卡迈克尔与其记忆空隙）吗？那些并非"**替角**"的复本的失败？我不确定。无论如何，接下来的歌唱在庆贺手法的胜利：音乐的创造性韵脚的胜利（形象二十五：阿尔科特兄弟的复调回响），通过手法绽放成美妙叙事的微小音节的胜利［形象二十八：这是佛希尔（Fuxier）放入水中的糖片扩散为彩色图像］，像手法阴影上的诡计般被抛出的语词的胜利，这些语词以与之前（吕克苏的焰火）对称和相反的绽放，点亮了黑暗的天空。在这些备受欢迎的机器中间，盲人希尔达（Sirdah）被治愈了：她睁开了眼睛，她能看见了（形象二十六）。

现在我想在紧随这个灵感的形象上停顿一下。不是因为这个形象是被揭示的秘密，而是因为在《非洲印》（我想也包括《独地》）的所有机器中，这个形象与手法一起呈现了最为鲜明的同构性。

雷蒙·鲁塞尔

工程师贝杜在德兹海岸上安装了一架"桨叶织机"（métier à aubes，我们从身后文本得知，它暗指一种需要一大早起床的苦工。鲁塞尔的顽烈）。夜里，织机的金属杆被灯塔的圆眼照得闪闪发光：在阴影深处涌现出"这台汇聚了所有目光的惊人机器的所有细节"，在这些目光中，希尔达的（新）目光排在首列。十页的细节描写似乎是简约原则的例外；十页内容都是关于一台总体平庸的机器在运行，这台机器是基于七卷本插图版《拉鲁斯词典》中提花织机（*Jacquard*）、织机（*Métier*）、编织（*Tisser*）这几个词条构造的。十页内容都毫不出人意料，除了两三处细节在机械上的不可能性（这些困难可以毫无问题地在神秘箱子的内部得到解决）显示出**手法**介入了传统纺织装置：手法难道不也是侵入了写作的习惯结构？河流为纺织机提供了动力来源（这就像语言之流，带着它的所遇、偶然、现成句子、影响，无限滋养着手法的机制），桨叶扎入水中，有时深有时浅，杵杆的运动通过一个非常复杂的无法看到的连线系统（système de fils）启动了无数纺锤的游戏，纺锤的梭心运送着包含彩虹所有颜色的各种丝线，水线（*fil*）在水上诞生了其他线的运动，这些线色彩斑斓、相互区分且灵活敏捷，它们的交织会形成织物；线的游戏也是词的游戏，在后者中，含义就像参照了自身，显现出自己的滑移，这个滑移充当着导线，让语流的现成句子转入作品紧凑和形象化的画布。这个机器的另一创新：鲁塞尔—贝杜将提花织机托付给

82

弓、杆、带孔纹板的工作归为梭子的自发性（从亚里士多德以来第一次最终"完全独自"行进）：梭子就像引导词那样发挥着作用。被选定的梭子服从一个隐蔽的"纲领"，当需要它的梭槽时，它就会离开，获得一个接收性的空格，并重返起点，将横向的纬纱抛之身后。从而在手法之中，预定的语词好像从它们的起源句中自发地冒出来，穿过语言的厚度，在另一端重逢——因而它们从另一含义/方向（sens）返回——，而在这些预定语词身后，它们被渲染过的航迹会反过来在叙事轴上缠绕。必须注意到桨片支配梭子的选择，而构图的必要和梭的未来路线决定桨片的运动：时间的神秘包裹（enveloppement），自动对需求、偶然对目的的复杂传动，被找到者与被寻找者的混合，所有这些的结合都发生在这个长方形、黑色和从未打开的箱子内部，然而这个箱子"被要求驱动总体"，且被悬吊在河流与织物、杵杆与梭子、线与线之间。这是编织语言的机器之脑，它离奇地像一副棺材。就在那里的死亡是否充当着河流与构图、时间与作品两点当中的驿站？这一点我们无法知晓，在这台机器上所做的一切都是为了被看到（挖花织制的图像**正面**显现自身，就像由手法而来的叙事不会显示其背面的内容），除了直到最后都保持关闭的这个箱子。

呈现在观者眼前的织物上演了**大洪水**的历史（机器的反面形象：水没有得到控制，水流入侵世界，推向"不幸被定罪者"的山顶，这也许就像语言的那些莫名其妙的偶然威胁着不能支配它们的人）。桨叶织机与这个衰落命运正相反，它设计**方舟**，向自己指出自身所是——和解之船、手法的至高权力、世上所有存在与它们的相似物重新找到亲族关系的场所："诺亚方舟在波浪表面宁静而庄严，很快树立起它那规则而又厚实的轮廓，细小的人物装点着方舟，他们在一个大型动物园游荡。"机器（手法的沉闷复制品）再现了一个图景（image），这个图景本身的过载象征在机器与手法的相似性中指出这个机器；而这个机器以无声但又有别的图景向观者展示的，实际上是这个机器自身所是：水上方舟。这个圆圈是完美的，就像桨叶、清晨和语词的巨大循环是完美的一样，它们各自轮流跳入语言之流，并无声地从中汲取叙事的魔力。"它们的数量、大小分级以及种种简短又持久的跳水所具有的孤立性或同时性，为促成实现最大胆观念的组合提供了无限的选择。有人曾说起某个无声的乐器，当我们用力弹和弦或用琶音弹和弦，时而稀疏，时而出奇浓密，其节奏与和声不停变化……整个装备在配合和润滑方面表现上乘，以一种安静的完美运行着，让人感觉到一种机械所具有的纯粹美好。"那么，这个完美到不会被听到的奇怪声响，这个无声的和音，这些任何耳朵都觉察不到的叠合音符，它们到底是什么呢？也许，这就是那在鲁塞尔语言深处让无法被听到／理解的事物发出回响的杂音。也许，这就是像手法的不可见的可见性那样的事物，手法的严格机制构成所有这些绝妙和不可能机器的水印。

这些机器基于语言而被制造出来，它们就是这个制造的完成；它们是在自身中重复的它们自己的发源地；它们将嵌入自身的手法又嵌入到它们的管道、支杆、齿轮、金属系统和线束之间，并因此让手法毫无退路地呈现出来。手法是在所有空间之外被给予的，因为手法自己就是自己的场所；手法的存留之地就是手法的包裹；其可见性将之隐藏。面对这些扭曲的形式，以及谜语、密码和秘密的无厘头机制，我们若有所思，这很自然。在这些机器周围，在这些机器之中，有一个顽固的黑夜，我们很清楚这黑夜遮蔽着这些机器。但这黑夜是既没有光线也没有空间的太阳，它的光芒被十分准确地切削成这些形式——太阳构造着这些形式的存在本身，但并不构造这些形式朝向观看的开口。封闭和自足的太阳。

为了让这整个装置变得可读，不需要密码，但需要某种给出观看场域的后部突破口，将这些缄默的形象后退到某个水平线，在某个空间中呈现这些形象。要理解这些形象，不需要某种更多的事物，而是某种更少的事物，一个能够让这些形象的呈现翻倒并从另一端重新显现的开口。这需要这些形象在与它们自身同一但又与自身相分离的复本中被给予。这需要死亡的断裂。唯一的钥匙，就是门槛。

而实际上，我们看到这些既相似又被拆分的机器重新出现在这个身后文本中。通过一种奇怪的可逆性，对手法的分析与这些机器本身具有相同的构形。《我如何写作我的某些

雷蒙·鲁塞尔

书》构造得就像是对《非洲印》或《独地》中形象的展现：首先，机制的原则和演变被呈现为犹如在天地之间——一系列自行运转的运动，在某种逻辑中带动作者，而作者与其说是这个逻辑的主体，不如说是这个逻辑的某个时刻（"手法演变着，而我被引导去任选一句……"）。然后，在某个二级导航中，手法在一个次要和接续的时间内部重新开始，这个时间从鲁塞尔的诞生开始，在向这个手法（相对于这个手法，作者的生命同时是被包裹的又是进行包裹的）的回返中完成。而鲁塞尔最终正是在这个手法中放入了他在一种身后的荣耀中重复的自身实存——就好像他回到无限加衬过去的机器中，而这个无限加衬过去则发生在一种于时间之外的无缝再现中。"在结束这本著作的时候，我回到这种痛苦的感觉中，这种感觉是我在看到我的作品撞上一种几乎普遍的敌意不解时一直感受到的痛苦……在别无更好选择的情况下，我躲在某个希望中，即我也许会在我的书中获得一点身后的绽放。"

因此，鲁塞尔的最后一本书就是他诸多机器中的最后一个——这个机器在其机制中包含和重复着鲁塞尔之前描述和推动的所有机器，它让使这些机器诞生的机制可见。但这里有一个反对意见：如果这些机器只有在掩盖不可感知的语词和句子的情况下，才能显示出它们绝妙的重复才能，那么在这个身后文本中，难道不会有一种隐藏的语言，它说出了其所言说事物之外的其他事物——将揭示向后推得更远？我认

87

为可以说有也可以说没有。如果《我如何写作我的某些书》让手法变得可见，这实际上是因为它背靠其他事物，就像桨叶织机的机制只有在黑方匣的支撑和包含下，才能展现在观者眼前。这"其他事物"，这在下面、在"秘密和身后"的文本中可见又不可见的语言，就是这样一个秘密：这个秘密应该是身后的，这个秘密之中的死亡扮演导语的角色。而这就是为什么在此机器之后，不可能有另外的机器：隐藏在揭示中的语言仅仅揭示出在此之外再无语言，在揭示中默默言说的已然是沉默：死亡潜伏在这最后的语言之中，这最后的语言打开桨叶织机那最重要的棺材，在那里只能发现它自己死期已至。

《非洲印》最后的壮举属于路易丝·蒙塔勒斯科（Louise Montalescot）。别人拿自由冒险，只有她用死亡冒险。至少她无法（这是**幸存**的唯一可能）对生命进行奇妙的模仿。她选择给予生命最精确的复本，最复杂、最脆弱的景象：森林中的晨曦（毕竟，这也是一种"桨叶织机"）。"在这广阔的花地上，青苔间闪烁着蓝色、黄色或梅红。穿过树干和枝叶的更远处，天空发亮；低处，猩红色的第一块水平区域变得缓和，为稍高处一片橙色地带留出位置，这片变得稀薄的橙色地带产生了一种特别热烈的金黄色：随后跟着的是苍白得几乎不带颜色的蔚蓝，在这片蓝色中间，最后一颗滞留的星辰朝右方闪耀着光芒。"染红标志大地边界地平线的血色线条，只有一颗孤星的明亮天空，在这二者之间，在这象征性的距离之中，路易丝·蒙塔勒斯科要完成她的杰作。她当然达到了这个目的——就像也要再现来观察她的整个群体（鲁塞尔也喜欢模仿他周围的人）："人们慷慨地给予露易丝最热烈的祝贺，她感动着并光芒四射"；人们宣告她获得拯救，告诉她"皇帝十足赞叹，表示完全满意，因为这个年轻女人完成了皇帝严格指定的所有条件"。但在鲁塞尔独自生活的王国里，没有皇帝，没有赞叹，也没有被给予的恩典。完美的机器在死亡中重复。

毫无疑问，鲁塞尔是达鲁的俘虏小群体（由所有发明家、杂技演员、戏剧演员和魔术师构成）的近亲，尤其是统治《独地》花园的马歇尔世界的近亲。鲁塞尔是这些重复机器永远醒着的工程师。但他也正是这些机器本身。

是时候重读《我的灵魂》了，这是鲁塞尔 17 岁（1894 年）写的诗，他在《衬里》之后就立即将之更名为《维克多·雨果的灵魂》出版："我的灵魂是奇怪的根，那里交战着火、地下水……"

将这个早熟的装置与另一个稍晚的装置相比较是很奇怪的，后者根据水与火这样的统一体而组成。在康特莱尔的花园里，在高高的眺望台尽头，一个巨大的广口瓶让其中所装的奇妙混合放出钻石般的光芒：大片水靠着内在的明亮，使每一小片都像太阳下的云母般发光：流动性与光泽——秘密与闪光的亲密融合，因为从远处，我们只能在既吸引目光又排斥观看的闪烁中看它，但从近处，目光可以毫无困难地穿透它，就像它本来就有毫无掩饰的通透性。在水晶的这个策源地，我们发现鲁塞尔种种发明的小宇宙：用福斯丁（Faustine）的有声头发表达的乐器人性，用奔跑的海马表达的训练有素的动物性，用丹东（Danton）的饶舌脑袋表达的死亡的机械复活，像日本花卉那样绽放的场景，用气泡水（*aqua micans*）表达的永生元素，最后，装备凭以自我象征的形象：凝固成太阳的黄色甜烧酒。

灵魂工厂是一个奇怪的露天隧道。带着一众仰慕者，鲁塞尔到这巨大的矿井边缘俯下身，由此在自己的下方，在自己脚下，观看自己头部（自己的大脑）那敞开和燃烧的窟窿：

> 在深渊深处
> 我的身体再次俯下
> 被从我的大脑升起的
> 崇高火焰舔舐。

从这被如此切下的头部［就像孾依度（Gaïzduh）或丹东的头部那样］，从这露天但依然在其脚下的大脑（就像康特莱尔的钻石那样），鲁塞尔看到一整个液态的、炽热的语言升起，而工人们在打开矿床颈口的高地上锻造的正是这个语言。在那里，金属冷却下来，在灵活的手上获得形式；

91

铁变成诗句，沸腾者开始押韵。

> 伴着炉火在他们脸上的
> 反光，黄的、红的和绿的
> 他们抓住在表面上
> 已经略微成形的诗句。

> 每个人用铁钳艰难地
> 稍稍提起他的诗句
> 在地狱的噪音中敲打
> 在矿井边缘完成诗句。

不合常理的是，灵感来自下层。在这位于事物之下、熔化坚实土地的洪流中，一种语言在这个语言面前暴露出来：它被重新提高，直到劳作的高度——直到工人，工人们像经纱线间的梭子般来来往往，这语言已准备好成为坚固和可记忆的铁，成为神圣织物的金丝线。即将诞生的种种图像在深处沉睡，无人的平静风景：

> 在反射着石榴红光泽的湖面上
> 一个晴朗的夜晚平静下来
> 树荫下一对年轻的情侣
> 在夕阳中红着脸。

由此，水中舞者福斯丁在钻石深处梦到："一个优雅精

致的年轻女人，穿着肉色紧身衣站在水底，并完全浸没，
她轻微地平衡着头部，摆出许多充满审美魅力的姿势。"

灵魂的铸造需要供给：来自最遥远国度的船只带来了煤
（黑色和坚硬的火）。那里，有桅杆、货厢、帆、锻炉、烟
囱、汽笛、绿水和红白金属的交错。而灵魂—炉灶有着贪婪
的脑袋和敞开的肚皮，吸收着人们倾倒进去的一切。康特莱
尔作为灵魂—水晶的最高工程师，经过精细计算，在这闪闪
发光和新鲜的容器中放入了浮沉子、无毛猫、从丹东身上剥
下来的脑髓、太阳般的苏玳葡萄酒、海马的直立挂钩，以及
不无邪恶地放入了惊恐的福斯丁。这些不是需要捣碎的养
料，而是即将绽放的花朵。

种种差异跃入眼帘。《独地》的钻石整体轻盈，就像悬在
空中一样；它的新鲜程度堪称完美——大有希望幸存，但已
然让人不安：死亡的冰冷（我们待会会在尸体冷藏库里重新
找到这种冰冷）难道没有在此滑移？贴近地面的第一缕灵魂
是令人窒息的：煤、红铁和沉重的铸铁在一个危险但多产的
炉灶里相互混合；在这些原材料里，一切都是笨重的。在水
晶中，一切则是没有分量和明亮的，神奇之水（空气和饮料，
绝对的养料）是某种经过解析的透明煤，并且已然没有实体：

纯净的火焰、轻盈的煤气、如水般柔软的钻石，这是无运动
但又取之不尽的生命驱动者，这个生命实际上不会完成。抛

雷蒙·鲁塞尔

入其中的事物漂浮、舞蹈或毫不费力地跟随上升或下降的优美交替。喝了这神奇之水的人会微醺，它既是纯粹的扩张又是完全的保留，它讲述着某个空间的魔法——在这个空间中，沉默和不知疲倦的重复运动带来的形象无需费力、毫不喧嚣地绽放着，灵魂就是在这些运动中找到时间的停息。

相反，锻炉则是震耳欲聋的：锤子、铁器喧闹、拨火棍、"震耳欲聋的炮声"。如果康特莱尔的水晶没有（作为外加的）装饰某种让人以为来自其内部光芒的难以察觉的音乐，这个水晶就会是完全寂静的："当人们一点点地靠近它时，会察觉到一种模糊的音乐，这音乐效果神奇，包含着一系列奇怪的精湛段落、上行和下行音阶的琶音"，就好像水本身是有声的。

矿床的沉重装置给人这样的印象：当它从最初被埋藏的地方显露出来的时候，配置一点也没有改变，机械的指向也没有改变，但这个装置变得严肃、轻盈、透明和悦耳。种种价值发生反转：煤变成镜面般反光的水、水晶般的火炭、新鲜的合成物、黑色的光明、和谐的喧闹。蚂蚁窝般的混乱工作平息下来，所有运动从此无声地转向围绕一个看不见的轴——内在和缄默的伟大法则。在重复的仪式中，匆忙和急迫永远安息了。大地变成了以太。也许鲁塞尔的这句话指的正是这种改变（或这个范畴的某种事物）："最后，大约30岁的时候，我感觉我通过我已说语词的组合找到了我的道路。"

此外，所有这些漂亮的空中机器——有水晶，有桨叶，有飞舞的撞锤、空中的水滴、鹰与孩子、用来回忆的棕榈叶、焰火、明亮葡萄的果核、雕刻出来的蒸汽、金属鸢尾花、孪生杂耍演员的球，以及许多其他事物——，依据一种它们专属的循环被置于大地。这些机器在此不再能见到矿床火光四射的混乱，而是一个庄重、冻结的花园，就像康特莱尔保存死者的花园那样：这个花园，就是《我如何写作我的某些书》最后一次游历的花园。而此时，在消失的那一刻，这些机器发现得到一个新提升的种种可能性：它们在那里变得还要更严肃——纯粹荣耀的机器（因为没有谁比鲁塞尔更无宗教信仰），这些机器会完成从此无法估量的种种循环。鲁塞尔在雨果（这另一个他自己）死后，在添加于《其他吉他》(*Autre Guitare*)的诗节中，召唤着这个永恒重复的机器，召唤着这个锻炉，这个锻炉在死亡之外变成了长翅膀的水晶：

他们说：为何

我们感到翅膀

离开了我们罪恶的身体？

　　——它们说：你们在死去。

　　它们——就是那些轻盈的、专横的机器，而在所有这些机器中心，至高的手法在它致盲的水晶中、在它无尽的织造中、在它深深的矿床中，联结着水与火、语言与死亡。

第五章　变形与迷宫

　　鲁塞尔的机器不制造存在（l'être），这些机器维持存在中的事物。这些机器的作用是使之留存：保留图像、守卫遗产和王权、保卫荣耀及其太阳、藏匿财富、记录忏悔、隐藏供认，总之，维持在球体下［就像弗朗索瓦-儒勒·科尔捷（François-Jules Cortier）的头颅或者《额头上的星星》中省长夫人的蝴蝶都在球体下］。但这些机器的作用也是（且为了保证界限之外的这个维持）让它过去：越过障碍、穿过统治、颠覆监狱和秘密、在夜的另一端重现、战胜沉睡中的记忆，就像鞠埃尔（Jouël）著名的金块所做的那样，这金块的回忆越过了如此多的栅格、沉默、阴谋、世代和密码，成为小丑挂着铃铛的脑袋中的讯息，或成为靠垫中的有声娃娃。所有这些装置打开了一个保护性的封闭空间，同时也是神奇的沟通空间。通道即围墙。门槛和钥匙。《独地》的冰冷房间以最出色的精打细算扮演着这个角色：让生命在死亡中度过，仅用（必须说，也是非常容易的）"生命体"特质，结合毫不逊色的"复活素"效力，来打掉分离生死的隔膜。但所有这些都是为了维持生命的一个形象，即这个生命接受保持不变的特权，以此进行数量无限的表征。而生命与死亡被这允许它们被看见的橱窗保护着，在这透明和冻结的括弧庇护下，它们能够相互沟通，以便在彼此之中、不顾彼此的阻挡，无限地保持各自所是。

这个过去并不过去，还会挖掘出如此多的交流，也许这个过去就是所有传说表现出来的那个过去，那个被唯一且总被重复的"从前"在同一个锁扣声中魔术般打开和关闭的过去：如此复杂的语言装置产生的鲁塞尔叙事呈现的是儿童故事的简单性。言词惯例将存在物引入这个世界，但又让这些存在物变得无法触及，这样的存在物有一种神奇的力量，它们可以彼此结盟、联合、交换低语、越过距离与变形，成为别的事物和保持同一。"从前"发现了事物在场且不可进入的内核，无法通过这个内核，因为它停留在远处，在非常邻近过去的掩体中；而当人们从一开始就庄严宣布从前的历史、日子和事物及其唯一的节日就在那里时，人们含蓄地允诺了它们每次都会重复——语言每次越过界限起飞，都会重新找到这总是相同的另一端。鲁塞尔的机器通过将存在保持在存在中的这同一个沉闷功能，自己创造着故事：一种由寓言的黄杨木边框持续保存的幻想物形式。在使他的故事能以两种意思解读的同音异义中（鲁塞尔建议未受过《非洲印》影响的读者在读第一部分前先读第二部分），是种种装置在生产故事，也是种种故事在装置中止步。莱里斯说得很精彩：“鲁塞尔的想象产物是一些过度微妙的共有场所：尽管对公众来说鲁塞尔令人困惑和分外独特，但实际上他获取想象的资源与大众想象以及孩子都能懂的想象并无二致……鲁塞尔痛苦地遭遇几乎全体一致的不理解，也许这种不理解不在于不能达至普遍性，而在于把‘像你好一样简单的事物’与第五元素结合起来的不寻常异质组合”。手法从制成品开始生产，而远古叙事则促生闻所未闻的机器。这个封闭话语，在阐释学意义上，是被它的种种重复关闭的；它从内部打开语言最古老的出口，并使之突然涌现出一种没有过去的建筑结构。也许正是在那里，我们可以看出鲁塞尔与儒勒·凡尔纳的亲缘关系。

鲁塞尔自己说过他曾对儒勒·凡尔纳怀有何种仰慕：“在《地心游记》《气球上的五周》《海底两万里》《从地球到月球》《月亮周围》《神秘岛》和《太阳系历险记》的某些篇章中，人类言词（Verbe）上升到其所能达到的最高顶点。我有幸在亚眠服兵役的时候见过他一次，并与这样一个写了如此多不朽著作的人握手。哦，无与伦比的大师，感谢您让我在整个生命中不停阅读和重读您时所度过的崇高时刻。”而鲁塞尔1921年向米歇尔·莱里斯的父亲写道：“您可以要求我的生命，但不能要求我借出一本儒勒·凡尔纳。我对他的著作如此着迷以至感到嫉妒。如果您重读这些著作，我恳求您不要当着我的面说出他的名字，因为我认为如果不跪着说出这个名字就是渎圣。他绝对是所有世纪最伟大的文学天才；当我们时代的所有作者都被遗忘很久以后，他还'会留下来'。"老实说，任何著作都不像鲁塞尔的著作那样有那么多旅行又那么一成不变：在那里，除了装置的封闭空间提前确定的内在运动，什么都不动；什么都不会移动；一切都是歌唱在自身中颤动的完美休止，而这休止的每个形象之所以滑移，只是为了更好地指出它自己的位置，并立即回到这个位置。在鲁塞尔那里也没有预期；创造不向任何未来敞开；创造都是内敛的，它的作用只有一个，就是保护某个形象不受时间及其侵蚀的影响，只有创造才有能力将这个形象保持在一种技术性、分析性和冰冷的永恒中。放置管道、丝线、磁性传导、光线、化学散发物和镍制柱廊，不是为了布置未来，而仅仅是为了悄悄塞进分离当下与过去的细微厚度中，并以此保持时间的种种形象。这也是为什么使用下面这些装备是绝对不行的：**无与伦比者**的遇难、所有他们那些神奇的获救物以及他们在节日期间所做的示范表演，这些都是本质上无理据性（gratuité）的象征，康特莱尔花园的孤独还对此有所强调。所有这些无名装备除了在它们的景观重复和对同一的回返中之外，别无未来。

儒勒·凡尔纳与鲁塞尔的共同之处正是这种回返的纠缠（他们同样努力通过空间的循环取消时间）。他们在这些闻所未闻的形象中看出它们在不停地虚构起点、失去与回返的古老神话，即那些成为**他者**的**同一**和实际上曾是**同一**的**他者**

雷蒙·鲁塞尔

的相应神话，那从直线到同一循环之无限的神话。

　　装备、布景、修整、壮举在鲁塞尔那里执行着两大神
话功能：连接和重现。穿过宇宙的种种最大维度，连接诸存
在（蚯蚓与音乐家、公鸡与作家、面包心与大理石、塔罗牌
与磷）；连接不相容者（水流与织线、偶然与规则、残弱与
精湛技艺、烟的螺旋与雕塑的体量）；在所有可感维度之外，
连接不相称的种种伟大秩序（在葡萄胚芽状态的果核中成形
的场景，隐藏在塔罗牌厚度中的音乐欣赏机制）。也还有重
现某个被取消的过去（罗密欧丢失的最后一幕）、某种财富
［哈罗（Hello）的财富］、某个出身的秘密（希尔达）、某个
罪行的发起者（鲁尔，或被沙皇阿列克谢的红太阳击毙的士
兵）、某个丢失的秘诀［瓦斯科迪（Vascody）的金属花边］、
命运［罗兰·德·门德伯格（Roland de Mendebourg）］
或理性［通过在塞尔-科尔（Seil-Kor）的突然治愈或卢修
斯·艾格华扎德（Lucius Egroizard）的逐渐治愈中体现出
来的过去的回返］。大多数时间里，连接和重现是同一且唯
一形象的两个神话面向。康特莱尔用复活素处理过的诸尸
体通过重现确切的过去，将生命与死亡连接起来。在漂浮
着鲁塞尔之梦的那个闪闪发光的伟大水晶内部，有连接的
形象（头发—竖琴、猫—鱼、海马邮递员）和重现的形象
（丹东仍然饶舌的脑袋、轮廓中保留着历史或传说碎片的浮
沉子、重新成为古老日出战车的套车），然后，在它们彼此

之间，有一个暴力的短路：一只猫—鱼给丹东的大脑通电，让它重复丹东从前说的话。在这些游戏中，模仿具有优先地位，它是连接等同于重现所能依据的最节省形式。实际上，进行模仿的事物穿越世界、诸存在的厚度和等级化的种类，以到达模型的位置，然后在自身中重现这个他者的真相。路易丝·蒙塔勒斯科的机器将其错综复杂的电线与有生命的大森林相连接，将轮子的自然运动与画家的天资相连接；通过这样做，路易丝·蒙塔勒斯科的机器甚至重现了其被安放之地面前的事物。就好像这个机器连接这些事物间如此多的差异，只是为了重现复本的同一性。

由此，西方虚构故事经常涉及的两大神话空间中的种种机械形象就以相互交织的方式建立起来：寻找、回返和财富的刚性、被禁行和包裹的空间［这是阿尔戈诺特（Argonautes）或迷宫的空间］；变形（即视觉变化、被瞬间越过的行程、奇怪的亲和力、象征性的替代）那有感染力、多形态、连续、不可逆转的空间（这是有人情味的兽类空间）。但不应忘记，在代达罗斯（Dédale）宫殿深处守夜的是人身牛头怪，它是这宫殿悠长通道后面的最后考验；而作为交换，这个因禁人身牛头怪的宫殿保护人身牛头怪，宫殿就是为它而建，并且从外部显现出人身牛头怪异常混合的本性。在艾居的广场上，在康特莱尔的花园中，鲁塞尔建造了诸多由马戏团的人身牛头怪值守的微小迷宫，但像［代达罗斯的宫殿］那里一样，这有关人的拯救与死亡。再一次，米歇尔·莱里斯已经说出了这一切："将表面上无理据的元素（他自己对这些元素充满信任）结合起来，他创造了真正的神话。"

在《非洲印》和《独地》中，变形与所有与之性质相同的形象一起，根据某些明显的规则得以完成。

据我所知，只有一个变形系列属于施魔范畴：这就是于尔叙勒（Ursule）、女休伦人（la huronne）和安大略湖着魔歹徒的故事（魔法般惩罚的系统，那里所借用的形象具有象征性的道德价值，并且处罚持续很久，直至某个预定但又不确定的释放）。除了这个插曲，我们找不到一点老鼠变马车夫或南瓜变四轮马车这样的情节。而更多的是两科生物并置在同一形式中，即在等级序列中并不邻近的两科生物需要克服这个等级序列，以重新加入一个居间级别的高度。跳过动物统治，佛卡尔的棕榈树被赋予人的记忆；而鸢尾花鸟则径直走向事物的金属刚性："经过不可思议的发展，尾部装备（某种坚固的软骨骨架）首先垂直升起，以向前方开放至其上部区域，这在鸟的上方制造了一个真正的水平华盖……骨架前面的末梢部分削得极尖，形成一把与桌面平行、略带拱形和坚固的刀。"常常有多个级别的省略，使得变形和缓的成熟过程成了垂直的跳跃：跃至极点，就像金属斗剑人有着不可抵挡的剑鞘，或在存在最盲目的区域眩晕跌落；当佛卡尔打开血管，他从中提取出一种浅绿色、柔软的奇怪水晶："佛卡尔现在左手并排拿着的三个凝块，像当归透明和发黏的细棒。年轻的黑人故意用蜡屈症得到了想要的结果：这蜡屈症的唯一目的实际上就是造成干净血液的部分凝结，以提供充满微妙差别的三块固化碎片。"我们已经见过那些像石头拱顶一样瘦骨嶙峋的人，他们能发出大教堂的全部回声。在神话中，种种范畴古老的连续性原则安排着变形的无序，并让变形如汁液般以波状方式增衍；现在，这个古老原则被一个不连续和垂直的形象替代，这个形象隐藏着更为巨大的不安力量。严格的同时性既显明又否定了比等级间距更大的间距。通常的变形遵循秩序和时间，这种变形是一个过渡。在鲁塞尔那里，统治的重叠是庄严呆板的，在形象的一般轮廓中，这种重叠让任何演化都不能解决的巨口保持静止并最终固定。非—本性以某种亚里士多德式本性（在其存在中一劳永逸地构成的本性）的冷静呈现出来。远处带着光环的昆虫穿过塔罗牌的符号，在塔 ①（la Maison-Dieu）上闪耀，昆虫走不出任何幻想的森林，走不出任何巫师的手；凶相信号灯之后，它再也没有被授予任何魔力；老菲丽西德 ②（Félicité）在邻居巴齐尔（Bazire）的书店里买

---

① 塔罗牌中大阿尔克那的其中一张，牌面描绘山上一座被雷电击中的高塔着火，两个人从高塔上跌下来，火花共 22 点，象征二十二张大阿尔克那。通常塔是代表从根基开始损坏，所有牌中，只有这一张牌正逆位的意思都是不好的。——译注
② 《独地》中著名的女预言者。——译注

了一本昆虫学专论，在这本书中，老菲丽西德找到了对此的精确带图描述。传统的种种变形在融合的朦胧光线中、在漫长衰落的最后时期完成；在鲁塞尔那里，存在物的相遇是在不连续本性（既与自身相近又远离自身）的大太阳中进行的。就好像这些变形和相遇服从的种种原则隶属于某种被猛烈撞击过的存在论（une ontologie téléscopée）。

在鲁塞尔的积极世界里，驯兽者的耐心替代了魔法师的威力。不止如此，驯兽者的耐心还是至高无上的：马修斯·布沙海萨斯得到了**无与伦比者**（Δ 勋章）级别的伟大饰带，因为他能训练一胎生小猫玩对垒追逐游戏。斯卡里106奥夫斯基（Skarioffski）手腕上戴着一条珊瑚手链，这珊瑚是一种巨大的陆地蠕虫，学会了在水齐特拉琴上弹奏轻歌剧咏叹调。但在这表征（唯一的戏剧性结果）的世界里，学手艺就相当于蜕变：当然这需要长时间的耐心和无数重复，但结果如此完美，且兽类的技艺变得如此精湛，以至于这些神奇的习惯如同深刻的本质那样发挥作用：从一个几乎自然的运动，海洋与太阳之马摆脱了与海马联系在一起的身体，但为了以阿波罗战车叠于水上，双重且唯一的形象自此残存下来。驯兽者，是温和的，基于一种从自身中剥离出来并像套印般重现于自身的本性，他们是执拗的反—本性行动者。（语言统一体通过手法在其厚度中裂开，并在其唯一的文本中保持双重性，这难道不是同一种方式？也许事物的间距与语言的距离提供了一个独特的游戏。但这是《非洲新印》的问题，不是前期作品的问题。）

然而，这个一致和柔软的世界并不是一个安乐的世界。的确，这里没有什么是残酷的或窘迫的。微笑的勒古阿什（Lelgouach）在他被截断的胫骨上弹奏布列塔尼的老调。富有音乐性的蠕虫在它的齐特拉琴上不会让人想到任何驯化："它给人以技艺精湛的短工印象，它跟随当下启发，每次都会以不同的方式呈现这样一个暧昧的段落。"摩普索斯公鸡的血和皮兹基尼（Pizzighini）侏儒的血只不过是生理上古怪。此外，什么样的爆炸能够让这些怪物变得危险且让它们脱离康特莱尔的花园或达鲁的王国？什么样的突然暴力能够让这些被审慎世界（它们得到鼓励的地方）包围的奇怪动物心绪不宁？但危险和残酷的这种缺席反映出事物本身的内部黑暗，这种内部黑暗平静地包含于此：由此，一块打着嗝的嗜血海绵匍匐前行，在它的通透性中，我们看到"在其几乎半透明的织物中，有一个微型的真正心脏"在一滴水的作用下，喷发出一簇宝石。正是在这里，在人、钻石以及植物兽共同的心脏中，存在着非凡的太阳。心脏既活着又没活着，就像在被建造的水母、精通音乐的塔罗牌以及所有这些冰冷但又活动的死者中那样。在心脏不可分离的二重性（冰冻的液体、柔软的暴力、凝固的分解、可见的内脏）中，有其增殖的、未被退火的力量，这个力量让它能够在橱窗的另一侧存在：纯粹景观，什么也不能着手，什么也不能解决，就在那里供观看，在光天化日之下摊开它反—自然的肠腔内存在。顽固的极端残酷，既可被识破，又无可挽回。这种并不张牙舞爪的残暴（就像粉红、去毛和赤裸的暹罗猫在有钻石光泽的水中）只朝自身中心发光。这也许差不多是我们可称为恐怖的事：无能为力的观看、死物的相遇和交融以及生命的某种痛苦——嘴张开却不叫喊。

在此，变形传说的古老结构被颠覆。回报或安慰的仁慈、处罚的正义，那个我们在传统叙事中可以找到的整个报偿经济学消失了，这都是为了一种毫无教训的存在物连接：事物的简单冲撞。传说中因屈从而被治愈的残疾人，在鲁塞尔的叙事里，变成蹦蹦跳跳、沉溺乐器的树干人，就像在钢琴琴键上跳舞的巨大截指。喂鸟的孩子在这里变成将自己青绿色血液输给软体动物的蜡屈症少年（**白—雪**变成**绿—水晶**）；为恩人建造茅草屋的动物变成遭受折磨的水母在主人上方用癫狂和盘旋的手臂形成巨伞。"从前"年代的人们让动物们说话；在康特莱尔的水晶中，漂浮着一个"只由大脑物质、肌肉和神经组成的人类领袖"：这就是丹东的脑袋。一只在丹东周围游水的无毛猫，用像面具一样戴在头上的电短号作为中介，刺激着丹东悬垂的神经；肌肉作出反应，就像"让缺席的眼睛四处翻转"；嘴部剩下的部分张开、闭合和扭曲，让缄默的盛怒发出像藻类一样宏大而无声的句子，而康特莱尔则为他的宾客们翻译这些句子。颠倒的变形：如让死者说话的猫—鱼，如只有在面具背面（因此使死者永存的正是面具）才能保存其腐朽的脑袋，如被归还给自身却没有自己声音且立即消解在水之沉默中的语言。这就是生命的机械复活悖论，而古老变形的本质目的则是通过变形的诡计将生命保持在生命中。

正是在这里，我们遇到鲁塞尔在他无边的种种发明奇观中有意标出的界限。可以训练公鸡吐血书写，让逐层增加成托阿斯①（这是艺术之尺，参见让·费里）的薄片肥猪肉歌唱；可以让化为肉浆状态的头颅朗诵，可以让死者坐立不安：没有复活素＋生命体不能重新给予实存的事物。所有动物等级都能被跨越，封闭在一张塔罗牌上的蛆们成为音乐家并唱着苏格兰合唱曲，但从来没有死而复生。复活素表明复活是不可能的：在复活素导演的这种超越死亡中，一切都像生命一样，具有生命的确切图景；这就是由一个纤薄的暗层以难以察觉的方式岔开的生命替角。生命在死亡中自我重申，穿过绝对事件与自身沟通，但从不自我契合。这是相同的生命，但不是生命本身。从《独地》的橱窗背后所表现的场景，到这个场景在毫无缺陷的类比中所表现的事物，从重复到重复所重复的事物，一个无法逾越的距离发射出它的箭头，就像手法中从一个词到同一个词：语言展开了它的统治，重现为同一，但从来都不是相同的含义。不停重复，语言和死亡安排着这同一个游戏：它们在这个游戏中以相聚表明分离。禁止鲁塞尔跨越这个复活门槛的不是任何信仰，也

---

① Toise，法国旧长度单位，相当于 1.949 米。——译注

不是任何实证科学的顾虑，而正是鲁塞尔语言的深层结构，以及鲁塞尔在语言中所经验的终结（限度、期限、死亡）和重新开始（重复、同一性、无限循环）。鲁塞尔的所有装置都在复活的限下运作，这些装置从来不会转动这个门槛的钥匙；这些装置将复活构造为一个外在的、推演性、被机械化和绝对无能的图像。《独地》的盛大闲暇、"假期"，就是保持空洞的逾越节周日。康特莱尔说，在死者中寻找死者那里可以有的事物；这事物就在这里，实际上，它根本没有被复活。

生命在死亡中的这个重复所采取的优先形式表现的正是颠倒和对称的瞬间，——镜子另一端的事物仍是最为近切的事物：死亡突然侵入生命的时刻。由此，以下事物被重构：民间芭蕾舞团的十五个业余强盗诋毁卢修斯·艾格华扎德的小女儿直至死亡的场景；神经质作家克劳德·勒·卡尔维（Claude Le Calvez）的最后一个怪癖；《罗密欧与朱丽叶》的第二个结局（根据几个世纪后重新找到的一个身后文本）；在青年侍者和红灯笼间将艾瑟尔弗莱达·艾克塞雷（Ethelfleda Exley，拥有镜面指甲的女人）击垮的巨大危机；凭借刻在头骨上的北欧古文字字母和钻石上的小布告，弗朗索瓦-查理·高尔迪埃（François-Charles Cordier）发现父亲杀死了他的未婚妻后自杀。生命中的事物在死亡中被重复，就是死亡本身了：就好像所有这些机器、镜子、光的游戏、线、未知的化学体，从一个明显密谋的死亡中，只能提取与这个死亡近切的呈现及其已然具备的统治。模仿生命的死亡所上演的场景以生命曾经经历死亡的同样鲜活方式模仿死亡。复活素并没有消除的那个界限在死亡中重复生命，在生命中重复已经死亡的事物。而在一如往常的这个早晨，弗朗索瓦—查理·高尔迪埃永不结束地做着相同的动作："他的右手在一个口袋里翻找，再掏出时拿着一把左轮手枪，而另一只手则迅速地解开背心的所有扣子。他将枪管正对着心脏，紧压在衬衣上，按下扳机，我们立刻听到一声枪响，看到他僵直地仰面倒地。"［这个动作］没有结束且永远重新开始。

变形瞄准的目标向来是通过连接种种生命体而使生命获胜，或者是通过让生命体从一个形象过渡到另一个形象来骗过死亡，在鲁塞尔这里，就是变形重复变形本身的对称性（也是变形的逆向）：从生命到死亡的通道。

迷宫与变形相连。但依据的是一个含糊的形象：它像代达罗斯的宫殿引向人身牛头怪一样，引向这怪物般的、既是奇观又是陷阱的果实。但人身牛头怪本身在其存在中打开了第二个迷宫：人、兽和诸神的混杂，欲念的扭结，沉默的思想。过道的错综复杂重新开始，也许至少不是同一种，而混合的生命并不反映刚刚引导这个生命的那个理不清的几何学；迷宫，同时是人身牛头怪的真相和本性，既是从外部将之封闭的事物，又是从内部使之澄明的事物。迷宫在完全迷失的同时得以重新发现；迷宫沉陷于这些它所隐藏和引导（朝向接合物起源的壮丽）的接合物中。因此在鲁塞尔这里，无类之兽的恐怖就像被迷宫既不可能又光芒四射的路径劈成两半。人们可以在佛卡尔的杂技中看到这样的图景：在装满喵喵叫小猫（这些小猫在另一场景中是对垒追逐游戏的一方）的篮子与章鱼（在它们的吸盘间扭绞这些猫）刚刚在上面交战过的布满黑点的地毯之间，佛卡尔竖起三块金条，准备朝这些金条的方向扔一块肥皂："肥皂似乎做出了一连串完整的云里翻动作，描画出一个耸立的曲线，然后突然落在第一个铸块上；肥皂从那里跳起，像轮子一样盘旋，直至瞬间擦过第二个金辊子；第三条轨迹只伴有两个非常缓慢的跟头，让肥皂抵达第三个大块的金圆柱，肥皂平稳、直立、一动不动地停留在上面。"由此，在种种变形的动物世界的两个形象之间，人的灵巧（刚才还在双倍超常的混合中将这两个形象联合起来）开辟出一条不大可能但又必要的路线，这条路线奇迹般地止于一个指定的珍宝上。

鲁塞尔的诸迷宫常常通向一块纯金，就像哈罗在绿色大理石山洞深处发现的纯金。但这个珍宝并非财富（用坯料升级的石头和金属只有一个被派生得过分慷慨的角色：抵达了来源的迹象）；如果格罗安尼克（Gloannic）的古老王冠已经消散，如果金属锭已被隐藏而秘密被传递给独眼小丑，如果这里曾有魔法的栅格且天空中有各种迹象，这是因为需要同时隐藏和揭示哈罗出身的种种权利。与其说珍宝扮演传递遗产的角色，不如说它扮演起源的捍卫者和揭示者的角色。在迷宫中心，安息着消隐的出身、被秘密摆脱又被发现带回自身的起源。

在鲁塞尔那里有两种存在物：一种是变形而来的存在物，它们在其当下的厚度中被拆分了，并矗立在这巨口中央——这里也许就有死亡的问题；一种是其起源在起源自身之外的存在物，这种起源就像被一个黑盘隐藏，迷宫必须绕过这个黑盘才能发现这个起源。前者没有诞生的奥秘，它们平静地来自自然或来自一种如自然一样从容的训练，但它们会因光芒四射的存在而令人炫目。后者是日常的男人和女人（他们的体貌特征是儿童叙事的体貌特征：简单和共有的生命体，都好或都坏，一开始就被归类于先决的范畴中），但正是他们的起源被黑杠划掉——因为太闪耀而被隐藏，或者因为可耻而闪耀。迷宫逐步走向这耀眼的光芒。

《非洲印》在**无与伦比者**的场景中让人看到如此多的美好变形，这本书穿过一整个轶事迷宫（这些轶事构成了迷宫轻巧的戏剧性装备），通往这耀眼的光芒。国王达鲁之妻鲁尔在可怕的众目睽睽之下诞出一个丑女，而且丑女在额头上还带有一个红色印记［这就是可疑胎斑／斜视的欲望之眼（louche à envie），已然是《额头上的星星》的图像］；鲁尔将这个女儿遗弃在森林之中，让人以为她死了；有人又发现了这个小女孩，从她的额头和眼睛认出了她。这位母亲，不可靠的妻子（她也是一个"斜视的欲望之眼"），为了保证其私生子们的王位，让这个女儿失明。介入此事的有：一位不忠诚的大臣、一个捕蚊者、一个假情妇、一整个陷阱与活结以及加密信的游戏、一个字谜、一支有粉笔标记的仿麂皮手套和一顶圆顶礼帽——而一切都暴露了，即希尔达恢复了她出身的种种权利，也恢复了视力。另一个包裹并决定这个故事的故事按照鲁塞尔诸迷宫的一种特有的嵌合，让这个故事从其外部产生了回响：希尔达的奇遇只是王朝纷争的最后一个片断，而这个王朝纷争从缔造者的双胞胎妻子同时生下两个相同男孩的时候就开始了。有关继承权利的法律原则哑口无言，在如此神奇的重迭面前非常尴尬：如何确认第一个？如何看到绝对出身？而种种隐喻在这一景观中毫无秘密地展开，出身与一种无力或窘迫的观看有关：希尔达的斜视观看（她看到的是双影，就像她的先人在决定命运的诞生之日看到的双重含义……）使她失去出身，然后又容许她重新发现出身，从前的双目失明让她夺回权利，在其迫害者被处决当日痊愈，这些显示了出生与看见之间的消隐游戏。《非洲印》轮换着**无与伦比者**的纯粹景观、平静变形的场所，还有出身迷宫的各个片断，直至希尔达的核心治愈、从起源之谜到观看主权的精确调整。这也许就是这个节日（一般意义上的节日）的本质：每次都彻底看到存在，并且通过看到存在确认出身。

但为什么出身被隐匿且如此难以看到，而那么多怪物却毫无保留地呈现在眼前？这是因为一般来说，出身标记着双重性的符号。双胞胎［苏安（Souann）的两个妻子；她们各自儿子的同时出生；在《额头上的星星》里，双胞胎姐妹被要求人祭而消失］的出身之谜，被隐藏的非法出身之耻和平行后裔（鲁尔的孩子；省长夫人被剥夺继承权的侄子），长得一样且被替换的孩子［安德略·阿巴里西奥（Andrée Aparicio）取代利迪·高尔迪埃（Lydie Cordier）获得父亲的钟爱］，同样年龄、一起成长、被爱分离和结合的男孩和女孩［塞尔-科尔和妮娜（Nina）；安德略和弗朗索瓦·高尔迪埃］，两个子孙因争夺遗产而敌对［达鲁和亚乌（Yaour）；尤其是《太阳粉尘》中的财富比赛］。在这些双重性中，出身的符号变得混乱；"自然的"形象奇怪地被颠覆：夫妻不再是个体的起源，不再是将个体带到世界上的人，而是出身本身发起出身消失的拆分。这就开始了一个迷宫，出身在这个迷宫里既是囚犯又是宠儿，既显明又隐晦。

双重脉络隐藏家系，但也能让人从中看出唯一的线索。

应该告知哈罗出身权利的那个珍宝秘密，被濒死的国王托付给他那可笑的复本——小丑；然后又被放入这个复本的复本——藏在靠垫里的玩具娃娃；被强盗关押的热哈德·洛维（Gérard Lauwery）为了保护自己的儿子免于强盗威胁，用石膏小雕像代替自己的儿子；卢修斯·艾格华扎德为了重新找到他死去的女儿，试图重构女儿声音的复本，这是女儿如果能够长大所应该有的声音。出身因为双重性而被隐藏，也被这个双重性封闭在双重性的迷宫中，但这迷宫最终且就是借此，使得重新发现出身成为可能：最后，绝对身份终于得以揭露——在哈罗的至上金块上标记的"**自我**"（Ego），纪尧姆·布拉什（Guillaume Blache）的智慧隐藏和表明的独特财富。

然而，这个得胜的身份不能消除所有身份曾一度迷失其中的复本。身份在其背后留下如同其黑色信封的事物：与其拆分有关、现在需要惩罚的整个系列犯罪。而诸变形与矫正在一个统一的世界中完成，在这个统一的世界中，只有存在问题，种种出身隶属于一个分割的世界：人们在那里不停谈论好与坏、正义与邪恶、回报与惩罚。而为了重回起源的光辉岁月，这重获的起源需要取消恶。这也是为什么在鲁塞尔这里，如果没有残忍的怪物，相反也不会有节日，节日至少还有一方不会受到惩罚。而这个惩罚的残酷性就在于恶毒为隐藏出身而构造的迷宫的纯粹和简单重叠。邪恶王后鲁尔弄瞎了她的女儿：有人就用穿过她上衣扣眼的针刺穿了她的心脏；莫森，王后的情人，书写了希尔达的伪造死亡证明：有人就用烧红的铁将这个死亡证明铭刻在他的脚掌上；纳依赫，灵巧的陷阱系统发明者，被迫无限期地制造陷阱，并且直到生命最后的日子还要再造这些线路微妙的迷宫，就好像他不久以前为帮助他的同谋所布置的那样。因此，出身消失的迷宫被双倍重选：第一次重跌是通过理解和拆解出身再现出身的观看；第二次是为惩罚罪人而在公众面前残忍重述出身时的观看。最终，起源只有通过观看的胜利才被重构为统

第五章　变形与迷宫　　　　　　　　　　　　　121

一体；是观看揭开了真相的面具，分割了善恶，拆分了存在与表象［因此沙皇阿列克谢火红和太阳般的观看揭露了普乐查逸夫（Pletchaïeff）的凶手，这个凶手被血淋淋的透镜盯住，遭到与其受害者同样症状的侵袭，在同样的痛苦中死去］。

但最终大白于天下的出身本身并不简单。出身已经被侵害它的符号一分为二。这大抵就是《额头上的星星》的含义：剧本中的三幕都被物件的呈现所占据，这些物件多少有些平庸的表象隐藏着一个出身的秘密：特兹（Tréze）或者儒萨克先生（M. Joussac）所拆解的这些物件神奇故事的迷宫，总是指向一个非凡的起源，这个起源本身与一个孩子的出身有关，与受阻或有罪之爱有关，与后裔的敌对有关，与合法与私生的支脉间冲突有关：这就是这些神秘物件同时隐藏和重构的秘密之所在。但在对这个小小博物馆进行盘点之前，有几个随后很快被忽略的场景指出了这个小小博物馆的意义或许起源：这涉及出生于印度的双胞胎姐妹，天空中的一个征象（signe）指出她们在人祭中作为受害者的形象。整个剧本的问题就在于这个出身的征象，明显但又被隐藏、可见又隐匿的征象；这个小小剧场式博物馆的每个物件所藏匿的，正是已然在柱廊闪闪发亮的事物：**额头**上的**星星**。这就是为什么剧本的结束像是还在开始和仍将继续：通过唤起**征象**——其奇妙的偶然与明见性："在一帆风顺中完成的平庸之路对面，是形成鲜明对比的绚烂历程！在这里，未

　　　　　　　　　　　雷蒙·鲁塞尔

被那些用饥饿制止他的人所理解，我们的一个选民为了达到他的目标不顾苦难；在那里，另一个本可以悠闲生活的人，则给了世界一个勤奋工作和雄壮坚定的奇怪例子。"这里当然要向鲁塞尔本人致敬，但尤其要向这个我们已经知道的形象致敬，在这个形象中，偶然（看看"社会阶层从上到下多么可笑地一直在种种额头间分配星星"）与重复重聚，因为征象一旦被给予，时间就会走在自己前面，出身总是已经标记了其灾难或荣耀，而历史就只不过是这个密码的无尽重复。

在最终解开的迷宫尽头，星星标记在额头上的出身呈现出其所是：融合了随机与重复的变形形象；在一切事物之前就已奠定的征象偶然开启了一个时空，这个时空的每个形象都是这个征象偶然的回响，忠实地重复它，并将之带回起点；在其所有奇遇的麇集中，生命永远只是其星宿的复本；生命在实存中保持着存在以前就已给予它的一切。出身之谜因此具有通过复活素延长的生命场景同样的意义：从纯粹事件（生与死）的两端显示同样事物的精确重复，这里是凶杀的迫近，那里是命中注定且生命必然会重复的许诺。在最神秘的时刻，在一切道路都断裂的时候，当我们走向毁灭或走向绝对起源，当我们处于通往别处的门槛，迷宫突然给出同一（le Même）：迷宫最后的混杂，它隐藏在中心的诡计，就是另一边的镜子，在镜子里，我们遇到的是一模一样的事物。镜子教导我们：生命在成为活生生的之前，就已经是这同样的了，就像生命在死亡的静止中也会是这同样的；倒映出身迷宫被解除的镜面，映照在与死亡面对面的镜面中，而死亡反过来映照在前一个镜面上……迷宫的形象变得无限靠近这些在从生到死的通道上、在这于死亡中把握生命的通道上达到顶点的变形。迷宫结束于人身牛头怪，而人身牛头怪是一面镜子，是死亡与出生的镜子，是所有变形那深层和不可进入的场所。

在那里，种种差异重返并重获同一性；纤薄的镜面玻璃分开死亡的偶然与起源的偶然，它们都被置于复本那虚拟但令人晕眩的空间之中。也许，这个空间，这个**手法**的空间，当它从其所拆分的言词偶然出发，它通过变形让种种差异的全部财富迸发出，而通过用语词迷宫连接这些差异，它重新发现了这些差异的同一性。**手法**的主权还是要在所有这些双重怪物中辨识，在所有这些被隐藏的出身中辨识。

《非洲印》中的头号人物纳依赫，圈套中的人，束缚在自己的台子上，被迫直至最后都要制造诸线索种种难以察觉的迷宫，这些线索就是变形的果实（动物—果实，因为它们就像下一个蛹），也许纳依赫就是鲁塞尔本人在其作品门槛之处的呈现，纳依赫与这个呈现相关，在这个呈现的诞生（用不应结束的痛苦）摊开其结局之前（用它那些微型蜘蛛的星网）揭示这个呈现，在其语言深处让人看到这个呈现之所是：一个变形—迷宫。"纳依赫，座石上的囚犯，右脚被粗壮的缆绳绑住，这缆绳产生了一个牢固固定在坚固平

雷蒙·鲁塞尔

台上的真实套索；他就像一个活着的雕塑，缓慢、准时地做着动作，同时迅速地低声说着一连串牢记于心的话。在他面前，一个形状独特的支撑物上放着由三面树皮粘连在一起的脆弱金字塔，这吸引了他的全部注意；金字塔的基底转向他这边，但显然被加高，为他充当着织布机；在支撑物的一个附属物上，他发现触手可及的地方储备着果荚，果荚外部布满浅灰色的植物材料，让人想起准备变成蛹的幼虫茧。这个年轻人用两根手指夹起这些纤弱包裹的一个碎片，再慢慢把手收回，他创造了一种类似于**处女之丝**（fils de la Vierge）的可扩展联结，这些处女之丝在万物复苏的季节在树林里全线拉开；他用这些不可感知的细丝组成了一部微妙和复杂的仙女之书，因为他的双手以举世无双的灵活工作，用尽一切方式编织、交混着优雅混合的梦之韧带。"

在《非洲印》中，变形提供了种种只用某个迷宫的轻巧网络就联系起来的主要场景；《独地》则依据另一种均衡以及更为复杂的相互影响而组织起来：在有诸多小径的迷津中，种种不可能的形象涌现出来；但在复活的单人小室里（即变形的诸滩面上），展开的则是有难度的迷宫（对非凡出身和失而复得财富的漫长叙事）。在各出戏剧中，平衡被重新打破，但朝向另一个方向：迷宫最终占了上风。

但还有一个更为奇怪的交织：变形的种种形象往往出现在某种准剧场中：**无与伦比者**的场景、加冕庆典、康特莱尔布置得青葱翠绿的花园、死去之人的木偶戏，而这都是依据某个预先决定这些混合存在物（即从它们的本性深处或见习的第一天）被看到的神圣使命；它们的壮举只有适于表演才有意义。相反，迷宫只在隐藏的格局中才得以展开，它不给出任何可看之物：迷宫属于谜语而不是剧场的范畴。然而，正是这个迷宫结构整个地支撑着鲁塞尔的剧场：好像这个结构就是要清空这个剧场所有具有戏剧性的事物，在其可见性舞台上只显现秘密的阴影游戏。相反，只有在非剧场性的文本中，才常常涉及面具、伪装、场景、演员和演出：只有在场景经过叙述，因而变得缓和并受将之交付第二或第三层级（例如：在一个连续叙事内部的转述场景中模仿莎士比亚）的话语迷宫支配，种种变形才会被给出。

鲁塞尔的作品似乎整个（包括那些在手法之外的文本）都围绕着这个关系打转。《衬里》与其戴面具的车马队列，带有在玻璃透镜内生长的巨型花朵的《视野》，都属于变形、观看和剧场的范畴；《非洲新印》推进出身和亲缘关系被谈论和不可见的迷宫直至语言的毁灭。也许手法只是在迷宫（无尽的线路、他者、丢失）与变形（循环、回返同一、同一者的胜利）相互交错的那个更大空间中所使用的一个独特形象？也许这个没有年代的神话空间就是所有语言的空间：这个语言在物的迷宫中无尽前行，但其固有和不可思议的贫瘠通过给予自身变形的权力而返回自身：用同样的词说其他事物，给予同样的词其他意思。

第六章　事物的表面

而鲁塞尔的这些书并不是"他的某些书"？他反复说这些不确定文本"与手法绝对无关"？它们与其他书的相似只能是一种遇见——既无根源亦无经过安排的人为方法？1928 年，维塔克在研究沟通网络时，在鲁塞尔的语言之下预感到了沟通网络的严密主权，维塔克曾比较执笨拙长剑的演员与衬里：执笨拙长剑的演员在《衬里》的前几句诗文中追逐他的剑鞘，而衬里在《弹指》中扮演因找回裤子而迷失的梅菲斯特。对此，鲁塞尔回应地很坚决："不应寻求关系，毫无关系。"这话无人反驳。台球桌的虫蛀边缘诞生了达鲁饰有姓名起首字母图案的皇室披风（因为此处和彼处都有手法），吞食红色衬里的蠕虫和蝴蝶并不是一个加衬角色所叙述的内容（因为这里没有手法）。标准很简单。必须将手法的堡垒留在其隔绝之中，鲁塞尔在死去那一刻已经指出了这个堡垒的出路，也勾勒出了它的确切界限。

鲁塞尔似乎没有赋予其早期作品多少重要性。但通过我们同时代的整个文学，我们现在知道：《衬里》和《视野》的语言就像几何学家发现的某些"无用"空间，这个语言突然充满了文学存在，而这些文学存在如果没有这个语言就是难以理解的；这个语言长期以来处于放任自流的状态，如今它承载着一整个实在的世界，闭着眼定义了这个实在世界的公设和原理。如果我们能够进一步证明这个语言就像**手法**的基本几何学（我马上就会致力于这一点），这个语言显现为诸多神奇诞生的场所——还是许多其他我们还未知之物的场所。

在《衬里》（1897 年）的失败之后，在随之而来的巨大打击之后，很快，一个"探究时期"开启了；这个时期从 1898 年延续到 1900 年甚或 1902 年，可能被"生成式文本"（重复句子循环出现的短篇小说）的写作所占据，除了 1900 年出版的《弹指》，其中没有任何作品让作者真正满意。我们知道这就是手法的起源：循环的形式在《拿农》和《布列塔尼民俗片段》里还在使用，这两篇小说七年后出现在《周日高卢报》（*Gaulois du Dimanche*）中；不久之后，手法随《非洲印》而"普及"。然而，在弹指—时期与非洲印—时期之间，有五个文本出版，五个都与手法无关。的确，《不可安慰》和《纸板头》写得比较早，在《衬里》时期，它们的出现就像散开的流星。但《视野》《来源》和《音乐会》毫无疑问是在重复机制已经发生作用的时候写就的。而既然没有什么有权质疑鲁塞尔的话（他极不轻易说话），那就必须承认这三个文本在手法王国开辟了一个括弧领域，这个括弧画出了一个圆形和自治的滩面，这有点像一个嵌进的透镜，以其微小的景象容纳了一个不可还原为其安身之处景象的空间。

至于 1928 年完成的那部最后著作《非洲新印》，则开始写于 1915 年，即《独地》的翌日。只有《太阳粉尘》和《额头上的星星》的写作有一段时间打断了《非洲新印》，它们与《非洲新印》避开的手法重新建立联系。因此，重复语词的技术只在一个相当短的时期（可能不超过十五年）中才具有独占的主权：这是鲁塞尔放弃韵文的时期（因为在艾居的机器撞击声之间诸语词那内在和难以听见的回响，因为康特莱尔花园里的低声细语，这些形成了足够的韵脚，单独为他确定了诗意基底的肥沃空间）。但鲁塞尔的语言总是双重的，这在从头到尾的作品中都毫无例外，这个语言有时让话语保持无手法状态，有时又是带有手法的话语；但前者是用韵文，后者是用散文。就好像这个本质性的诗意（其意图几乎独占了鲁塞尔的生命）随着种种时间中的复杂干扰、阻断、交错甚至衬里的某些效果，被拆分为诗体（《衬里》《视野》《非洲新印》）和手法（《非洲印》《独地》和戏剧），就像我们在《布列塔尼民俗片段》中（《弹指》中也有一点）发现的韵脚和手法的混合。只有一种可能性被排除了：既没有手法也没有韵脚的语言，即没有衬里的语言。

这个叠合于自身的双重语言让人想到《独地》中始终如

一的对位法，这个对位法在死去之人的可见话语之上，让人听到康特莱尔低沉的嗓音在用散文的形式解释：橱窗另一端正在发生何种诗意重复，在生死之间是何种韵脚产生了回响。也许还应该想到吕多维克，拥有巨嘴① 和多种嗓音的歌唱者，他在**无与伦比者**的舞台上让人听到了他那组合嗓音的和谐卡农② ："吕多维克用漂亮的男高音音色轻轻开唱著名卡农《雅克兄弟》③ （ *Frère Jacques* ）；但他嘴巴左端在活动，唱出众所周知的歌词，与此同时，［他嘴巴］剩下的巨大深坑则保持静止和关闭。随着最开始的音符，'您在睡觉吗？'的唱词在高三度音阶上回响，此刻，口部的第二个分区从主音开始唱'雅克兄弟'；多亏长年练习，吕多维克得以将嘴唇和舌头彼此分成独立的部分，能够毫无困难地同时连接多个交错部位，使之因气流和歌词的不同而不同；实际上，［他嘴巴的］左半部分整个翻动露出牙齿，而左半部分的波动不会带动保持关闭和无表情的右边区域。"我们可以

---

① 福柯原文中写作 goule（食尸女鬼），疑为 gueule 的误写，依据是《非洲印》对吕多维克的描写中提到他"巨型尺寸"（dimensions colossales）的嘴（参见：Raymond Roussel, *Impressions d'Afrique*, A. Lemerre, 1910, p.87）。此处译文予以修正。——译注

② 卡农（Canon），复调音乐的一种，原意为"规律"。一个声部的曲调自始至终追逐着另一声部，直到最后的一个小节，最后的一个和弦，融合在一起，给人以一个神圣的意境。——译注

③ 《雅克兄弟》（另译名《雅克教士》《还要睡吗》）是一首法国儿歌，可以是无终止的四部轮唱歌曲。流传中常被重新填词，故存在众多版本。对国人来说最熟知的版本为《两只老虎》。——译注

　　　　　　　　　　　　　　　　　雷蒙·鲁塞尔

想象鲁塞尔本人也学会了让他的舌头分岔、嗓音神游，学会了叠放语言，学到在某个节拍上让一半话语缄默（这就是其所为：让《非洲印》和《独地》中的反——句子保持缄默，直到《我如何写作我的某些书》中另一种声音的进入），而鲁塞尔的写作——唯一的嘴——则给人绝对线性的印象。巨大的工作，就像吕多维克的工作一样，"经过让人扶额擦汗的非凡精神努力的穷究"。

我们还可以想到谨慎的纪尧姆·布拉什在《太阳粉尘》开端安排的双入口系统（正如故事所证实的那样，这是非常危险的诡计）：为了得到可以引向百万矿井的［刻有］十四行诗的头颅——被粉碎太阳的第一块碎片——，可以推动两扇门，它们同样地开放（老纪尧姆多么害怕人们找不到他的财富），同样地关闭（他也多么害怕他的财富太容易获取而被糟蹋）；跨越了这两扇门，两条线索则是同一条；两个敌对阵营在此前进，却经历着同样的步骤。也可能在引向作品最后财富之时——朝着这同时是矿床和锻炉的矿井［《我的灵魂》(l'Âme) 这首诗从一开始就在那里发着红光］——，有两条同样的道路、朝向同一行程的两个入口和两个以同一运动敞开的开口：一个是秘密（被揭露，因而变成非——秘密），另一个是非——秘密（保留下来，正因此，远离一切揭露，在一个悖谬的秘密封印下，保留在阴影中）。它们彼此的绝对排斥只不过是它们同一性的入口：即一边是非秘密的秘密，另一边是秘密的非秘密。关闭和阻碍一切逾越的钥匙在深处打开了一个入口，这个入口与同一性的入口如兄弟般相似。

这就是作品那未揭示部分无尽游移之处的模糊性（据其定义就不可能走出）：向这种模糊性添加神秘手法、延续了秘密的秘密这样的额外负担是无用的。鲁塞尔一直把这个部分放在手法之外。这显然不是要说这部分的构造毫无手法；按照严格的逻辑来说，没有什么能够阻止人们尝试在这些未被解释的文本中去发现另一手法，唯一的条件就是这不是同一手法；让·费里没有彻底保留假设，为《非洲新印》尝试了摩斯（Morse）字母表。为什么不呢？——我不知这是真是假，我只担心——带着对一个如此热忱阐释的全部敬意——这不是特别好的方法。在建立"手法缺席"等于"出现另一手法"的公式之前，头脑中应该保留这样的想法：这个缺席也可能等同于不存在任何手法；为了让可能性的整个场域保持敞开，仅仅应该如此考虑："其他"作品没有落入手法的揭示之中。需要我们将之保留在这未揭露状态，这种未揭露状态的空白确定性会将我们的中立性坚持到底；由此，让绝对不知所措的询问在我们面前展开，那引导我们的慌乱在此只有一个地标：未被揭露本身，不是将之把握为隐藏得更好的秘密（人们或许能将之揭示出来）的同义词，而是一种在其本身深处不可克服的不决。不可克服是因为只有在"某些"文本已经被揭示的情况下，这些"其他"文本才显现为在揭露之外。只有这样的解释才能让《视野》的清澈或如此细致入微的解释需要（这个解释需要似乎滋养了《非洲新印》漫长的教导式话语）保持"未被解释"。正是揭露的动作投下了不可避免的阴影，为如此之多静寂的文本夺取作为一个秘密的可能性（从此以后不可消除）。这里一个确定的秘密，那里一个很有可能的秘密，不应将它们置于同一层次，而是应该将询问拉得足够远，以便让揭露及其阴影之间的关系能够显明。我们要提出的问题正是针对这个本质性的关系（而不是针对秘密的假定对称）。

手法之外的这些文本背靠着手法的揭示，构成这个揭示的另一侧，必然昏暗的那一半。当人们展示《非洲印》《独地》和各出戏剧中的不可见之物时，其中不可见者就真的成为不可见者了（以可见的方式成为不可见者）。而这个根植于揭露本身中的不可见性，不是别的，正是揭露动作在其无差别中所突显出来的纯粹和简单的可见性。未揭露文本拥有的原初神秘的答案来自别处且应用于别处，因而，在这样的未揭露文本中，可见者与不可见者是密切交错的。但这说得还是太少：因为在此交织中能够涉及更为微妙的秘密游戏；实际上，可见者和不可见者完全是同一质地、同一不可分离的实体。光明与阴影在此拥有同样的阳光。可见者只有纯粹和简单地可见才能保持它的不可见性。而可见者的绝对透明则归功于一开始就将之留在阴影中的这个未揭露。未被隐藏者所隐藏的，不被揭露者所揭露的——可能这才是**可见者**本身。

这可见者的固有之谜（使可见者从根本上不可见的事物），不能从可见者自身来谈，而是要从不可见者要求或允许的这个距离深处来谈。我们对手法、对置于手法符号下所有语言的所知，不能为我们充当破解无符号事物的钥匙，但通过无符号事物的这个疏远本身，这个所知为我们打开这样一个空间：通过这个空间，我们能够看到可见性妨碍我们看到的事物——这个可见性在所有点上都鲜明、原初和均等，每一片可见性都是太阳般的（有点像康特莱尔水晶中的气泡水）。手法的揭露将手法的阴影散布到所有手法之外的作品上，但它也建立了灰度，在这之后，最终暴露于观看的是在因目眩而让人失明的接近中已然给出的事物。

《衬里》《视野》《音乐会》《来源》《纸板头》和《不可安慰》都是景观（spectacles）。纯粹的景观，没有暂息。事物在其中过分慷慨地铺展，而这种慷慨与构成剧场的事物既极度接近又极度遥远。没有什么实存是不可见的，实存都归功于看到它的观看。但在剧场中，可见者只构成朝向语言的转变，可见者完全是为语言准备的。在鲁塞尔的诸景观中，

这个倾向是颠倒的：语言向事物倾斜，而语言不停带来的细枝末节使语言在物件的缄默中逐渐消失。语言啰嗦就是为了走向物件的沉默。就好像这是一个清空了所有喜剧或悲剧因素的剧场，在无情、至高、冷漠的观看面前，注入了乱七八糟和偶然的无用装饰；剧场毫无残留地切换到景观的空

虚之中，只提供其可见性的轮廓：剧场的一切纸板财富的狂欢节，剧场的上色纸张，透镜—纪念品那圆形、可笑和静止的舞台。

但这纤薄的可见性得意洋洋地进行着统治。在可见性取之不尽的慷慨中有什么是不能给的？酒店沙龙里，黑色小狭盒上部敞开、分成两格，一格留给信封，另一格悄悄塞进了一些信纸，其中一页信纸的上端是《音乐会》里的诗，通过诗中人物的气质、动作、居所，有时通过他们所关心的事物，常常是通过他们的职业，也可以通过他们面部表情活动的可辨读特征，我可以数出 87 个（我可能会出错）可完美辨认的人物。还必须加上有点混杂的管弦乐队音乐家团体（不过可以区分出小提琴的琴弓，它们不完美的平行度，将之引向不同高度的运动范围）、他们的听众、闲逛的人群、挤在椰子商周围的顾客和"欢欣雀跃"的孩子。这还不是全部：还有一些马，一面湖，湖上一些船，不远处一辆公共马车，许多行李箱，一些青年侍者。我还忽略了一座如此"巨人般异常宏伟"以至于使一切黯然失色的"庞大、高耸、宽广"的酒店。酒店周围，"什么都不能与之形成对照"。信纸的笺头小花饰如同笔杆上的透镜纪念品、依云水瓶上的标签，其实是一个奇妙的迷宫——但得从高处来看：所以这迷宫没有隐藏，它在眼前如实地呈现了纵横交错的小径、一排排黄杨、长长的石墙、诸多桅杆、水，以及微小但又清晰的人以同一种静止的步伐向四面八方走去。而语言只需要向所有这些缄默的形象倾斜，用无尽的堆积来试图契合这些形象没有空隙的可见性。

老实说，这个可见性不用展现：它就像事物本身一个深处的开口所提供的馈赠。无需任何穿透事物的尖锐来让它们说出它们的秘密：一个独立的运动就可以让事物展开，让它们毫无保留地展示其所是。更甚一点：我们在这些事物中的所见涌入过去或未来，使过去和未来发生短暂的颤动，这颤动并不质疑过去和未来，而更确切地说让过去和未来的庄严呆板更加浓厚。这些事物不仅在观看所切割的时间点上，而且在诸多深刻、坚固的层面上，它们的整个存在及其所有可能性都栖息于此。一个动作、一个侧影、一个表达不比一个本性传递得更少，不比存在与时间在其中相互稳定下来的这个形式传递得更少。这里举一个有关矿泉水粉色标签的例子：

一个高大的女人

以一种谨慎的冷淡站在舱翼中，

她凭借为自己的幸福产生了对自己人格的

一种强烈想法且从不惊慌失措。

她认为她几乎知道一切；她是女才子

且不与任何读书少的人发生关系。

谈到文学她干脆果决。

她的文字无一平庸之词，毫不涂改

　　　　　　　　　　　　　　　　雷蒙·鲁塞尔

只在艰难的草稿后才破壳而出。①

　　我们在这里所领会到的一切都不是也无法予以观看的；这涉及一种效力于自身的可见性，这种可见性不为任何人呈现，它描画的是一种内在于存在的节日，这个节日从上到下照耀这个存在为的是一种没有可能观众的景观。观看之外的可见性。而如果我们通过一个透镜或一个小花饰进入这里，这不是为了指出眼睛与其所见之间出现了一个工具，也不是为了强调景观的非真实性，而是为了通过一个倒退的效果，将观看放入括弧和另一层级。全靠这个差距，眼睛与其所见物不再被置于同一空间；眼睛不能对事物强加它的视角、习惯和局限。眼睛必须在毫不介入的情况下，让事物因其存在的优美（grâce）而"被看到"；只有在眼睛自己的空间中才有不可见。《来源》的末尾着重指出这一效果直至显而易见；标签上的最后一个形象呈现了一个男人在读信；我们得知一切有关他的性格、自私、害怕疾病、对医生的敌意、对药物的爱好和易于自怜。突然，一只"让人惊愕的和轻快的"手拿走了瓶子；观看被退回其自然王国——镶有不可感知边缘的遥远统治：

---

① 雷蒙·鲁塞尔的原文句末押韵，中译在翻译语义的同时难以做到押韵。下同。——译注

美国人，前所未有地躺着，点燃

一支雪茄；一对心情愉悦的夫妇，在那边，

一直在耳语人们听不到的事。

　　"真正的"观看空间是雾蒙蒙、乱糟糟、层层叠叠、深邃且在远处加了黑框的。而在神奇的圆圈内部则相反，事物上演着它们固执和自治的实存，就好像它们具有一种存在论意义上的执拗，这种执拗让空间分配最基本的规则光彩夺目。事物的在场是岩石般的、整体性的且不受任何关系约束。

　　由此，有一个尺度的本质性缺席：人们以同一种方式看游艇的舷窗和在甲板上喋喋不休的贵妇的手镯；风筝的侧翼和散步者的胡须两端被风（在沙滩这个地方是相当强劲的）微微卷成的两个尖儿（幸好《非洲新印》教我们不要混淆尺寸如此不同的两个事物）。我们理解了为什么纸板头对鲁塞尔来说如此有吸引力：这些纸板头系统性地摧毁了比例，将一个巨大的面孔叠放在昆虫般的身体上，让几乎不存在的不可感知的细节在存在的鲜活色彩上大获全胜。在用通名指称人物（**火山爸爸**、**刺绣女士**、**抽屉**小子）的时候也会有同样的效果：在一个既无度又同质的中性存在中，同化事物与人、微小与庞大、生动与呆滞。

　　《视野》就像通过对其标题的直接反驳，打开了一个没有透视的世界。甚或是它将垂直视角（这能够像在一个圆圈

雷蒙·鲁塞尔

里一样一览无余）与水平视角（就是将眼睛与地面平齐，只让眼睛看到近景）结合起来，以至于虽然一切都是在透视中所见，但每件事物都在正中心被观察。既正面又俯瞰的视角以某些原始绘画的方式提供了事物的一个正交的在场。景象并没有围绕某个优先点组织并随着拉远逐渐消失；而是一系列尺寸几乎相同、彼此紧挨的空间小室，没有相互的比例（这差不多是《独地》中复活室的样子）。它们的位置从来不是相对于整体而确立，而是依据邻近的定位来彼此传递，就像我们跟随链条的各个环节："朝左""在它们前面，然后朝左""在空中，更高""更远""更远，一直向左""沙滩尽头""还要再足够靠近它们""向左一点，拱廊另一边"：《视野》之沙就这样铺开，不连续的颗粒，被统一扩大、均匀照亮，在正午的相同光芒中彼此紧挨——已然是太阳粉尘。无论远近，场景尺寸相同，都以同样的精确度被看到，就像每个场景被看到的权利都是同等的和不受时效约束的。当然，有时会发生一个形象被放置在另一个形象面前成为掩体的情况（海水的泡沫模糊了岩石的轮廓；浪潮的顶峰遮蔽了小船的大部分）；但这是表面而不是深层的效果；形式的隐没不是由于空间的基本法则，而是由于某种竞争，在这种竞争中，其他形式强加进来，但仍为前面的形式留下某种正当的可见性，这个可见性凭借一种奇怪的力量，最终总是会绕过本会遮挡它的障碍进入语词。在《来源》中，一个很难被人察觉的女人——她有一半被隐藏在扶手椅中——是用二十四句诗描写的，这些诗句让我们得知：她剪着中式发型，衣着过于匆忙，脑袋像朱顶雀，手细长，她乐于尽情奉承，不太容易听取道理。被看到从来不是观看的效果，这是自然的属性，对这种自然的肯定不会遇到限制。一旦我们进入透镜或标签的非空间性空间——在这类似于再现的虚构世界，只存在印在纸上的符号浪潮——存在将自己规定在一种极其丰富的无偏见中，光亮彻底遍历存在，永不衰竭。这光亮，在时间之外，是永恒而柔和的流溢。

在鲁塞尔的描述中，一切都是明亮的。但在那里没有什么是谈论时光的：既没有钟点也没有阴影。太阳一动不动，公平对待一切事物，永远矗立在每个事物之上。光明不是光线和色彩照耀的地方，也不是观看与它们汇合之地的要素。光明被分成两个毫不沟通的统治：有至高无上的白光，白光的臻于深邃给出事物的存在；此外，在粗暴的光芒表面，是种种瞬间游戏，是停落在物件表面的种种闪光，它们形成一个突然、短暂、迅速消失的触碰，咬住一个角落或隆起，但它们让事物闪烁——从不穿透事物，让事物保持完好无损，让它们顽固地在那里，在事物之前的在场中。这第二种光明从来都既不在事物的间隙中也不在事物的基底；它在一个匆忙的兴盛中涌现于每个事物之上："稀有和纤薄的光亮在水上奔跑"；在梳妆台的镜子前，剪刀的两个刀片彼此轻微分开，"盖满破碎的倒影和光亮"；在大海深处的船上，一个男人靠着舷墙，左手握紧伸向整个甲板的白铁管；他无名指的第一个指节上戴了一枚戒指，"［戒指］在他当前的姿势里发出一道闪光"。因此在这碎块化的、无尺度的空间里，种种物件就像不连续的灯塔：不是说灯塔标示着物件的位置，而是仅仅指出它们在此瞬间的实存。就好像那在物件之存在深处游历和铺展物件的巨大中性光明突然收紧，在物件表面的一个点上迸发，以至于形成了一个短短几秒的火焰式浪峰。使人目眩的对立光芒在表面再次发动了可见者的根本展开。实际上，在此对光亮的存在与闪光引起的目眩所做的区分，构成了一幅为康特莱尔的技术所熟悉的画面；康特莱尔的技术可以合法地复活一切过去，并让过去在深层上可见；然而来到表面的只有瞬间的光芒，如此优越，如此分裂，以至于这个瞬间光芒的突然出现就像摆在晦暗观看面前的一个谜。

而随着一点一点的光芒，清点继续进行；说实话，清点的运动是含糊不清的。我们不清楚是观看在移动，还是事物在呈现自身。在这景观中，有着模棱两可（半审察、半游行）的回旋：在此，观看和景象，一切都好像是固定的；但又既没有定位，亦没有计划，也没有驱动者，观看和景象不停地相对于彼此移动。由此就有一个既笔直又循环的奇怪形象。循环，因为一切都提供给了视野，没有逃逸点，没有可能的回避，没有左右开放的出口：就像镶嵌在笔杆中心的小透镜，轮到它紧紧包住细小的纸盘，沙滩的曲线和海洋的凸脊就在这纸盘上再现；就像在包裹着水瓶腰部的矩形粉红标签上，标签边缘几乎接合，勉强留下图像另一边的一个透明细长条。沿着这些子午圈，事物走向开放，在语言表面形成了它们被显现存在的诸同心圆。但可见者的这种取之不尽的财富还有一个（相关和相反的）特性，就是沿着一条不会结束的线路散成丝缕；那全部可见的事物从来不是整个被看到的，它总是给出某些其他还需要被看见的事物；人们永远也不会到达尽头；也许还没有看到本质，或者可能更确切地说，人们不知道是否已经看到了本质，是否在这不停休的增衍中本质还未到来：因此在信纸的笺头上，在那些散步者、套车、酒店、船只、奔跑的青年侍者、流动的商贩中间，如何能够在终了之前知道：这群坐在巨大中式凉亭盖顶之下的人，围着他们的乐器做着静止和无声的快速运动，他们在用音乐的否定描画着图像的中心形象？事物就像在车马行列中那样呈现，以种种彼此紧靠的统一体，形成一条可能无限的直线，但在两端那里又接合起来，因此在看着这些形象的时候（就像在看乌切洛①的《狩猎》），人们永远也不会知道：这是其他形象，还是同样的形象；是否还有，还是开头的形象已经重返；这些形象在开始，还是在重复。时间在空间中

143

---

① 保罗·乌切洛（Paolo Uccello，1397—1475 年），意大利画家。乌切洛生活在中世纪末期和文艺复兴初期，他的作品呈现出跨时代的特征：他将晚期哥特式和透视法这两种不同的艺术潮流融合在了一起。乌切洛痴迷于透视法，常常为了找到精确的消失点而彻夜不眠。——译注

雷蒙·鲁塞尔

迷失了，或者更确切地说，时间总是绝对地处于圆圈的直线上——这不可能和深刻的形象：没有终点的事物显得与那重新开始的事物等同。

　　这就是《独地》的语词节日和在艾居的沙滩上重新找到的时间节日。但在那里，回返是话语性的，也很容易分析；有过去，也有过去的开端；有场景，也有通过解释场景来重复场景的话语；有被隐藏的语词，也有偷偷摸摸重新发动这些语词的机器装置。在《衬里》和《视野》中，进行重复的事物与被重复的事物、过去与其当下、秘密与侧影、表征与事物本身是一起给出的。由此，就是《视野》《音乐会》和《来源》所描绘的这些图像或标签的优先权：这是一些再现，但它们如此匿名、如此普遍，以至于这些再现不与任何模型有关；它们可能除了自身什么也不表现（人们再现它们，没有让它们像什么）；它们的重复内在于它们自身。语言也自发地在所有这些被看到的事物中言说，却没有这些后来文本的拆分：这些后来文本指明与语言的不一致，其对语言的摧毁诞生彼此分离的种种机器或场景，诞生在细节中描述并最终解释这些机器或场景的话语。一个完全没有厚度的话语在事物的表面奔跑，通过一种天然的适应与事物保持一致，无需显著的努力，就好像打开存在物之心的光亮另外给出了一些为这些存在物命名的语词：

我的观看穿透

玻璃球而透明的基底

变得明确……

它表现了一个沙滩

在生机勃勃和闪闪发光那一刻。时间是美的。

　　自此，人们就很容易描述如此自如的所见；而此外，一切都变得可以在可见性明晰的圆圈里滔滔不绝地流利言说。就好像被小心翼翼应用于事物表面以便描述事物的语言，被一种内在于这些事物本身的烦冗重新发动。描述的简洁词汇膨胀出一整个一般来说不会出现的话语。而渐渐地，这非同寻常和喋喋不休的可见者占据了感知的全部场地，并为代替感知的语言敞开这个感知场地的大门；一切都开始以这种语言言说：它同时是可见者及其变得可见的不可见内容。从这些由单线条描画的形象，升起一种与这些形象的固定轮廓、僵化手指一样清晰的雀噪；而这个雀噪并没接近停止，这喋喋不休的长篇大论在《视野》将之封存的大广口瓶里，就像贝壳一再重复海浪的声音。看看这个人的缄默动作是如何说话的：

他走到两个相当漂亮的女人中间；

每个女人都以令人愉悦的殷勤挽住

他的一只胳膊……

　　　　　　　　　　　　　　　　　　雷蒙·鲁塞尔

为了斩钉截铁地支撑他所断言

他发奋努力竭尽全力；他运用

只有他的手和手指才保有的

短暂、不确定和局促不安的自由……

他以他的方式把握人之所信

当他随便处理高尚的主题，

人们尤其不能说他过分，

而正是这样，他非常紧逼

最严格的真相；他成功了；

人们洗耳恭听跟随他；他激发

好心情；多亏他展现的舞台

疯笑震得肩膀乱颤。

由此，在感知的两个边缘（三个侧影：在上面的胳膊、在下面的胳膊和笑得乱颤的身体）之间，一整个言词世界膨胀起来，它将不可感知者带入满满的光明之中，而似乎是多亏语词，简单事物在观看之下迸发，现在就这样从自身发散出的充沛中散落开来，几近消失点。这是手法的倒转形象：拆分和解体了的语言诞生了一整个空间，这个空间是奇怪之花、金属之花和死亡之花的空间，它们的静默生长隐藏了语词的重复性拍打。在《视野》及与之相似的文本中，是事物在中心展现，是事物从它们的丰裕中（就像通过生命的增添）诞生了语言的整个增衍；而语词从事物的一个边沿到事

146

物的另一个边沿（同样的事物），则让一个由思想、情感和为人熟知的低语组成的日常（常常是简单幼稚的）世界显现出来，就像在语词重复时将语词与其自身相分离的空无中，手法抛出大量闻所未闻但对观看来说毫不神秘的机器装置。

然而，在某种意义上，这个绝对语言的世界是深度沉默的。人们有一切都被说出来了的感觉，但在这语言深处，某些事物是缄默的。面孔、运动、动作，直到思想、秘密习惯和内心倾向，都像暗夜深处的无声符号一样被给出。

> 人们听到一匹静止的马嘶叫
> 在那边，如此之远。他，为了让她完全转身
> 没有预先告知，用右臂
> 轻搂，慢慢，推她
> 而左手则抓住她，将她拦住
> 一直一言不发，看着她。他刚
> 就此停止，但并没有让她懂得
> 他想要什么；现在他更强烈地
> 拖住她，让她围着他转
> 总是将臂弯给她依靠
> 却几乎不知道她作为对方
> 如何感受。他，长久地深情
> 注视她，不说话，保持同样神态。
> 他们随着左边的海重新出发。

雷蒙·鲁塞尔

在这最终的迂回（正是它结束了尼斯狂欢节）中，没有别的，只有词与物的初次开启，只有它们共同来到光明之中，只有这个停顿——绕轴旋转的身体，一切视角的颠倒：在另一方向上的同样事物，即关闭曾经敞开的，最终，隐没刚刚显现的：这就是可见者的全部神秘可见性，也是使得语言与其所言同源之所在。如果手法不正是在同一运动中既言说又展现，那手法在做什么呢？将这隐约的出身构造成奇妙和神秘的机器？在《我如何写作我的某些书》中，有句话有特别的分量："我被引致任意找一个句子，通过拆散它来抽取种种图像，这有点像从句子中提取字谜的种种绘图。"这也就是说，语言被集中起来，是为了让语言分散的团块塑造出种种语词—图像，塑造出承载某种语言的图像（这些图像同时言说和隐藏），而这是为了从中诞生出一个二级话语。这个二级话语形成的织物中，言词的纬线已经与可见者的链条交叉。一切语言和一切观看都从这奇妙和秘密的交织中涌现出来，手法在《非洲印》和《独地》的叙事下隐藏的正是这个交织，《我如何写作我的某些书》要揭示的正是这个交织。在《视野》《音乐会》和《来源》中，这个交织就是在无人见过或说过之前，由匿名的人为方法固定在纸片上的这个**进行言说的可见者**（Visible-Parlant）。

更确切地说，这个交织是镶嵌在钢笔纪念品上那提供了一个圆形无限景象的透镜。这是构造语词的神奇工具，这些

148

语词在固有的慷慨中展现：一个长圆筒形白色象牙制品的细长部件，上端是带有略微褪色铭文的刮刀，下端是沾有墨渍的金属罩；在这个造来用于在纸上画抽象符号（这些抽象符号与这个工具一样矫揉造作）的工具中心，一个如发光点般大小的透镜开启了一个简单、光明和被动事物的空间。《视野》中的钢笔，正是这只钢笔而不是其他任何事物，书写了带有手法的种种作品；因为这只钢笔本身就是手法，更确切地说，就是手法那难以理解的暗示（rébus）：一个让人看到事物的再现且嵌在语言工具中的机器。

印象与孤独之所（Lieu Solitaire）的诸形象（没有种属的蘑菇）诞生于事物与语词的复杂交织，这个复杂交织停留在这些被固执隐藏的文本中，在其为被看到而造的地方才可被天真地见到；这个复杂交织甚至是在被称作《视野》（为了没人会在这里搞错）的文本中的一个丑闻重叠中被指出的。而在这语词工具中，在这用来看的透镜中，在这无比健谈的景象中，我们认识到了另一个黎明产业。但这个产业需要起得更早，这是从朴素和原始状态的晨曦开始的手法，这是无手法的手法，它如此耀眼以至于不可见。而另一个则是正午的黎明产业，必须将之隐藏好才能看到它。也许正是其拆分制造了无遮蔽物的阴影。

但我们可以追溯到语言和事物之晨的更上游：直至那我们看到在《衬里》开头发亮的第一道光芒；这道光芒甚至在

给出事物的全部之前，就悄悄地将之拆分，从事物内部将之
分裂。这第一道闪光，是作者在文本开头寻求以一种庄严和
嘲讽的态度来引入他剑鞘中的剑身时，我们所看到的那瞬间
闪耀的光亮：

> 　　　　　　　　以一个夸张的
> 　　大动作，将戴着手套的手举在空中
> 　　他放下剑时划出一道闪光
> 　　尔后试图刀入剑鞘，但他摇摆和颤抖着
> 　　双手不能协调命中
> 　　剑尖与黑皮剑鞘的顶部
> 　　二者像在相互逃逸一样旋转。

150

　　这细致入微的笨拙，这简单动作中的裂缝，将诸事物的
组织沿其整个长度撕裂：演出立刻脱离自身，观众的注意力
同时加倍并岔开：他们的目光一点也没离开提供给他们的演
出，但他们从中辨认出这不可感知的缝隙，这使之成为纯粹
和简单演出的缝隙：佩长剑的好斗者只不过是一个演员，他
的武器只不过是一个小道具；愤怒不过是伪装；他那庄严的
动作已经被重复过千百次，并通过使这个动作与所有之前动
作不同的细微差距，揭示出这个动作只是纯粹重复。但这个
被其自身本性拆分的演出，还有更深的双重性：低劣的演员
只不过是替角，想要演他所替代的伟大演员的角色，他只是

在显现他作为替角的平庸。正是在这被起初的裂缝所打开的复本空间中，叙事将获得它的维度。

在笨拙动作片断之后，我们由剧场另一端转入后台，然后转入演员生活的背面［悲惨的房间、不可靠的情妇：在看到加斯帕德（Gaspard）扮演了一个他在现实中不可能成为的痞子角色时，她爱上了他；但她任由自己被更为富有的情人包养，而加斯帕德在此又只不过是替角而已］。核心情节发生在尼斯的一个狂欢节午后，面具游行的时候——加斯帕德与罗伯尔特（Roberte）凝视但又没有混在这些纸板复制品中，后者给予他们的是一个拆除衬里的观看，但因为他们是戴面具的观看者，他们本身也被拆除了衬里。游行之后的晚上，他们跑遍盖满五彩纸屑的街道，拒绝成为在别处延续的节日的一部分，以让自己能够单独待着；这是狂欢节的反面；这是喧闹的白日在宁静夜晚的昏暗面貌——拆分黑暗的烟花突然发出光芒，在大晚上成为太阳，颠倒了事物的秩序。在最后几页，加斯帕德成为纳伊（Neuilly）集市一个流动舞台上的演员：这是狂欢节和剧场的最后讽刺画；在互相推搡寻找演出的人群与纸板装饰之间，他就在那里，在此刻还是空舞台的那没有帷幕的方台上———一出还未上演之戏剧的可见背面。作为被拆除衬里的替角，除了沉默、观看和一些在面具下的空无空间中展开的缓慢动作，他什么也不是。

雷蒙·鲁塞尔

加斯帕德在台上前移了一点并尝试

两脚腾空拖拽左边一把

坏得，如稻草般的椅子，到楼梯

稍远处；他先拿起椅子一脚

然后抓住椅背，把椅子放到边缘

可以说，在台子非常靠前的地方

而椅背转而背靠栏杆

他横着骑上让他有点吃惊的

特别平直的椅背

他紧紧握住椅子扶手，然后重新

放空远眺。

　　坐在一个冷清的舞台上——既不完全是人又不确切是演员——，被剥除了所有衬里，而且还从自身中被拆分出来，加斯帕德完全就是那个分离和联合加衬者和被加衬者的中性时刻；他的实存描画了在面具及其所隐藏面孔间滑移的黑暗路线。

　　对游行队伍的所有描写（占两百多页）都居于这细小的缝隙。表面上，这个描写只谈及面具的那些最可见的颜色和形状，只谈及面具的幻觉力量。但它从不缺少让人看到其中轻微断层的描写（不完善、裂缝、不具真实性的细节、夸张的讽刺画、磨损、斑驳剥落的石膏、错位的假发、融化的胶水和穿连帽斗篷的人卷起的袖子），由此，面具自我揭露为面具：复本的存在被拆分，并由此被置于其简单所是。

诸纸板形象出色地表现了它们想要说的内容。带着反射和阴影的巨大蓝色圆柱体，是为了让人将其误认为药剂师的小瓶子（这里，就像在透镜中，只是反过来了，不成比例很容易被纳入诸事物的存在中）；这具有硕大红脸的踉跄巨人，怎能看不出是一个醉汉？但随着他走近，人们更清楚地发现"在分得很开的领子之间"、在一个"突出和隆起的亚当苹果"下面，一个黑色的小天窗指出了真正的人物所在的位置以及观看取光的窗口。同样，在药剂师的小瓶子里，人们很快发现：

> 一个昏暗的凹口，长方形，正好在位于中心的
> 标签上打开；这个洞
> 一开始，从远处，无人怀疑，在这里
> 有人被关着，仅仅通过瓶子立在地面
> 的空间下方，双腿底部穿过
> 能够，在人群中前行，观看。

正是在此，在这个必要的开口中，面具的整个模糊本性被概括出来：这个开口实际上允许戴假面具的那个人去观看（对他来说，他人和世界不再被掩盖），并因此看到他的面具产生的印象（在他自己眼里，这面具变得间接可见）；但如果他人因为这个开口而被面具看到，那也会因为这个开口

雷蒙·鲁塞尔

让他人看到这仅仅是一个面具而已。这个让面具崩塌的微小张口，同时也是将面具完全呈现给观看的事物，是将面具建立在其真正存在之中的事物。裂缝拆分复本，并立即在其神奇的统一体中构造复本。

然而，这面具之下的游戏在面具之上则被语言转加和带入第二层级；面具挥舞着标语牌，这些标语牌通过奇怪的重叠宣告着它们对于所有人的明显所是。"我感冒了"就铭刻在脑袋上，脑袋上的红鼻头已经让观者对此毫无疑问；一个黑人孩子在白人母亲的臂弯里宣告："新生儿即揭露者"。就好像语言的作用就是通过加衬可见者，来显现可见者并以此表明：可见者为了被看见，需要被语言重复；唯有语词让可见者在事物中扎根。但由于语词本身也画在狂欢节的纸板上，它的力量从哪里来的呢？语词不就类似于一个被自身增衍的面具，就像观看的裂缝，具备一种奇怪的能力：让人看到面具的能力，在显现面具简单存在的同时拆分面具的能力。语词在面具上被徒劳地挥舞着：就像观看的天窗，语言是这个存在及其复本借以结合和分离的缝隙；语词与这个通过隐藏事物存在而让人看到事物的被隐藏阴影类似。语言多少总是一个难以理解的暗示。

诗歌提供了这种字谜—语言的很多例子，在那里，语词在一个不可分离但含混的网络中与事物结为一体。例如，这就像一个硕大脑袋，张大嘴唱着我们听不到的《马赛曲》（但我们知道他在唱《马赛曲》，因为他带着一个有音乐笔

记的告示："一个单升""多个 D 音"）；他前进着

以战士的步伐

只有一个很小的马垫

非常秃却不显老。

他伸直手臂举着一面三色旗，他在上面写着："我是秃子，哼！"

那些与种种语言游戏意气不相投的人会按照他们想要的方式看待这"用同音异义词进行的文字游戏"。读过鲁塞尔的人会情不自禁地断定这是非凡的：我们在其中一点一点地重新发现"用牙齿制作骑兵［拼图］的夯锤 / 贵族小姐（la demoiselle à reître en dents）"或"小岛之鲸 / 希洛人的韧条（la baleine à ilote）"的构思。这涉及被拆分语言的同一形象，在这个语言内部，安放着一个由此［拆分］距离的唯一召唤而产生的可见场景。但如果我们在此考虑到：两个同音异义词同时出现并可感知，形象明显模棱两可［秃头 [①]（calvitie）与沙文主义（chauvinisme）在此清晰并置］，形象构成了具有双重含义的字谜，形象最终是一个存在与表象、"看到"与"被看到"、语言与可见者交错

---

① 法文表示秃头的另一个词 chauve 与沙文主义（chauvinisme）同音。——译注

雷蒙·鲁塞尔

的面具，那就应该意识到这就像是手法的预备和微小模型。手法作为完全可见的模型，只不过就是这被隐藏了一半的同一形象。

鲁塞尔的所有作品，直至《非洲新印》，都围绕某个独特（我要说的是应该是单数）的经验旋转：语言与一个不存在空间的关系，这个不存在的空间在事物表面之下，将事物可见面貌的内部与不可见核心的外围分离开来。鲁塞尔语言的任务正是在显中之隐与塞中之明间结成的。我们非常理解为什么布勒东及其后的其他人在鲁塞尔的作品中感到一种对隐藏者、不可见者和后退者的顽念。但并不是鲁塞尔的语言想要隐瞒某些事物；而是鲁塞尔发觉他的轨迹从头到尾都始终处于可见者的隐藏复本中。鲁塞尔的语言远不像那些被授以宗教奥义之人的言说，即在透露与秘传之间做出一个本质区分，鲁塞尔的语言表明可见者与不可见者无限地相互重复，而对同一的拆分为语言给出语言的符号：使语言成为可能的事物从起源开始就在种种事物之中，这也使得只有通过语言诸事物才成为可能。

在事物表面和事物面具之下的温和阴影，使事物可见并让我们能够言说事物，但这个阴影难道不是从其诞生开始就邻近死亡——这个死亡拆分世界就像我们剥水果皮一样？

第七章　空透镜

　　鲁塞尔作品的另一端是《非洲新印》，它避开了《视野》和《衬里》都还未经历的手法王国，在艾居和**孤独之所**之外形成了一个与前者同样神秘的滩面，也如同前者一样，是没有秘密的秘密。鲁塞尔为《非洲新印》付出了比《非洲印》和《独地》更多的时间，比《视野》和《衬里》所需的时间更多：1915 年到 1928 年的工作都是围绕《非洲新印》。不过，鲁塞尔邀请《我如何写作我的某些书》的读者做以下计算：如果《非洲新印》从开始到完成延续了十三年零六个月，去除其中十八个月用于《额头上的星星》和《太阳粉尘》，那么还剩下十二年，因为一个新的题外话，如果减去五个三百六十五天（由预备性工作消耗，现在在作品中已经消失，但还留存在手稿中），那么，"我发现我应当花了七年来撰写我呈现在公众面前的那本《非洲新印》"。这个计算的意义显得不是特别清楚：这是在显示劳动有多繁重？或者多亏这些恰当的减法而重新发现《衬里》和《视野》(1897—1904)、《非洲印》和《独地》(1907—1914)的七年循环，当我们减去非本质性的部分，最后这部作品因此形成了（自然或有意）划分鲁塞尔生命的第三个七年？或者也可能是要说题外话系统不容忽视，因为在这个系统中，这部作品（它本身作为题外话）会将其他作品作为题外话，也会反过来被其他作品作为题外话：这部作品与早期文本对称，它将服从手法的作品封闭在某个圆括号中，这个圆括号既加强了这些作品，又将它们置于一边。同样，这部作品也为两部戏剧打上了方括号，这两部戏剧是在撰写这部作品的大量劳动期间完成的，不过完全是根据另一种技术写成。至于开创作品并打开其题外话的五年准备工作则被置于种种符号之间，这些符号略而不言这个准备工作，并让这个准备工作在其所开动的作品之下归于沉默。最奇妙的是，这个无疑作为《非洲新印》之特征的圆括号游戏将数字七显现为不可缩减的剩余。但让我们如其给出的样子接受它，让我们聆听鲁塞尔。

"《非洲新印》应该包含一个说明部分。它涉及一个极159小的吊坠式观剧镜，每个筒宽两毫米，制成适于紧靠眼睛的样子，每片镜片上藏有一张照片，一张是开罗（Caire）集市，另一张是卢克索（Louqsor）河畔。"

"我用韵文对这两张照片进行了说明。总的来说，这是对我的诗《视野》的一个精确重复。"

"这第一项工作完成后，我从作品开头重新开始调整这些韵文。但一段时间后，我发现即使用尽整个生命都不足以完成这个调整，所以我放弃继续我的任务。这整个工作花了我五年时间。"

这些文字让人迷惑。在《我如何写作我的某些书》中，致力于那些运用了手法的作品的片段很简要，但那是一种清晰的简洁，按照不尽言的原则，这个简洁并没有留下什么晦暗之处：这些片段完全是肯定性的。而关于《非洲新印》的片段是否定性的——指出《非洲新印》不是根据手法构造的，它不描述嵌在吊坠式观剧镜中的视野，它把五年的工作放在一边，它花费了可观的精力……就好像鲁塞尔只能谈论这部作品的晦暗，只能谈论他真实写下语言的光芒所消散的这部分本身——作品的黑暗边缘。也许，揭示诞生《非洲印》和《独地》的写作秘密这件事，将本来留在晦暗中的事物置于光明之中，而这个晦暗本来是内在于语言本身的；语言形成了这个暗夜般的内核，而让这个语言涌现出来，就是让作品在其最初的肯定性中言说。对于《非洲新印》来说，显露是（或显得）外在的，是从作品所排除的事物来描述作品，打开为给作品确定了一个保持空无的圆括号。可以说鲁塞尔在进行揭示的这最后一页，通过一个悬搁和让人不安的游戏，在我们眼前放置了一副灰色镜片的眼镜。

的确，最后这部作品的结构与前面那些作品的结构一样明显。很容易抓住，只是很难解释。即一组五首的十二音节诗：

雷蒙·鲁塞尔

掠过尼罗河，我看到飞逝的两岸覆盖着 〈couvertes〉 [1]
鲜花、边坡、闪光和丰裕的绿色植物 〈vertes〉
其中一个就足以满足我们二十个沙龙的 〈salons〉，
阻光叶丛、水果和光线 〈rayons〉。

在这二十个沙龙（都由唯一一种植物的未熟青果装饰）之后，让我们打开一个圆括号（理由目前不重要，也不要过快地说这是在使之明确或解释等等……）：

我们二十个沙龙的 〈salons〉
（惬意的沙龙里，一转脚后跟 〈talons〉
朝着远去者，就传出许多声响 〈bruits〉）
阻光叶丛、光线和水果 〈fruits〉。

后半句一个巧妙的移调修复了一个有利的韵脚。在两个脚后跟的踪迹上，第二个圆括号开启：

（惬意的沙龙里，一转两脚后跟 〈talons〉
（（取笑他的懦弱 〈couardise〉

161

---

① 中文翻译难以同时顾及语义和保留鲁塞尔所使用法语词的韵脚，在此用尖括号（区别于诗中的圆括号，后者为这部作品原作的标志性符号）标明原法语词，下同。——译注

或他最后的才华〈talents〉，无论他做什么或说什么〈dise〉）)

朝着远去者，就传出许多声响〈bruits〉)
阻光叶丛、光线和水果〈fruits〉。

文本内部的增长继续：

（惬意的沙龙里，一转两脚后跟〈talons〉
((取笑他的懦弱〈couardise〉
(((非同一般的力量不管人们对他们做什么或说什么〈dise〉
判定同态复仇〈talion〉用法不太审慎〈prudent〉
以拯救还眼并以微笑还牙〈dent〉))))。

无论如何，诗结束于形成景观的阻光叶丛、光线和水果，伴随着诗的这些可见边缘：边坡、闪光、鲜花和绿色植物（在同心的圆括号森林之外）。这种变厚可以增殖五倍的度：五个圆括号包围一个可以说是 5 度的语言，原初的句子就是零度。

但还有灌木丛般的旁侧形式：在有四个分支的圆括号内部可以并置（保持在彼此外部）五层包裹的两芽。两个或三个，或还要更多。同样，三度可以承载多个四级系统，二度可以承载多个三级系统，等等。应该加上破折号，某种不

162

果断、勉强成形和水平的圆括号，它交替地或有时与圆括号一起扮演着连接或脆弱断裂的角色：有时连接一个列举中的类似项，有时指出一个不引人注目的插入句（形成一种类似半度的包裹），作为这一点的展现，例如：

> ……一种药水——毒药无可救药〈sauve〉
> 隐蔽的微生物能让人秃头〈chauve〉——
> 能饿贩马者〈cheveaux〉。

最终，在页面下端，是（往往很长）脚注的丰富分岔，就像是文本的根系：《非洲新印》的第四部分只有九十五句诗，但有一百三十四个脚注。这些脚注被整理成十二音节诗的形式，使得只要读者在标有脚注的地方一丝不苟地阅读相应脚注，就能够找到韵脚一贯的下文（如果脚注的第一句韵文没有与前一句押韵，那也一定与其刚刚插入文本的韵文押韵；如果脚注的最后一句韵文保持悬而未决，就会与文本重新开始位置的第一句韵文押韵）；甚至还会出现这样的情况：脚注打断一句十二音节诗的流动：其前面的语词已经完成了诗句，向脚注的转移只是形成了一个加强的顿挫。至于脚注本身，则是以一种与文本类似的［年轮式］生长系统增长的，不过在严格性上稍微欠缺，因为它从来不会超出三层圆括号的系统。

由此，第 209 页的脚注骄傲地以这句诗开始：

163

无人不胸怀野心勃勃的梦

这句诗诞生于一个已经由四个圆括号和一个破折号（这是四度半）加强了的段落；其增长自身形成了一个由三层包裹和一个破折号组成的系统（四度半，因为脚注自身就是一度）。因此，在韵文和韵脚的垂直引导下，在这个言词迷宫的中心，我们到达第九度包裹——《非洲新印》的其他巅峰从未企及的最高级别。在此语词高地，如此地防护其储备，又用语言层级的金字塔式叠加如此地激发，在这同时像矿道般凹陷的高塔的更深处和更高处，表达出一个忠告——如此多的门槛，如此多的打开与关闭，如此多的破碎话语，直到言说与沉默问题，在穿过了它们所引导的路线之后，也许很有必要倾听这样一个忠告：

丰富有时是保持缄默的时机。

如果在语言（以退向中心而发展起来）的这个增长中没有出现十度，这也许是因为这是抓住和保持缄默的时机——一个如同珍宝一样丰富的时机，也如同珍宝一样无法通达。

我知道一定会有人反对我说：需要跨越的九层围墙，考验的九种形式，九年的等待，知识的九个阶段，锁闭又打开的九道大门，这些在启明的允诺和保留时刻，如果不是引向进入奥义的秘密还会引向什么？但出于方法和顽固，我把它们留在种种结构中，仅仅注意：依据（鲁塞尔所考虑的）和谐法则，九度和弦不能再升高；并且可以保证，我们还可以在鲁塞尔作品的其他地方重新找到这个九层形式，这不是给予鲁塞尔语言一个主题，而是给出他言说所基于的数字和空间。

现在，让我们来欣赏另一个难解之谜。鲁塞尔计算过，他在《非洲新印》的每句韵文上平均花费十五个小时。这一点不难理解，可以想象一下，内接于诗文边材的每个新圈子都需要一个整体的调适，只有确立了这个圆形［年轮式］生长（最新近的也是最内部的）的中心，系统才能找到平衡。这个内在生长的每个推进对于它所扩张的语言来说，必然是完全颠覆性的。每句韵文的发明都是都对总体的摧毁和重建总体的处方。

《视野》中语言的任务是忠实跟随事物的线索，并通过接续的添加，紧逼事物的细枝末节；与《视野》的工作相比，没有什么比还原这总是更新的涡旋更难的。前者耐心建构的忠诚也是非常艰难的，它与语言对自身的持续摧毁有什么共同的尺度吗？这两种繁重劳动哪个是最无穷无尽的：描述一个事物还是构造一个话语（这个话语所诞生的每个词都在取消这个话语）？无论如何，鲁塞尔选择了后者，他感到无法终及前者，因为要完成前者（他在为此努力了五年之后感到）可能需要"整个一生"和更多。十二年后不能重新抵达的奇怪不可能性，《视野》《音乐会》和《来源》却曾经并无明显困难地做到了。更加奇怪的是，这个不可能性较少涉及描述和从语词到事物的关系（关系本身是困难的），而更多是"调整好韵文"的不可能性。《视野》的种种十二音节诗句不知疲倦地用词凑韵脚，但也表明鲁塞尔让"无足轻重的微型船"和其他活跃着"似乎特殊和多样运动"的小船自如航行；他毫不犹豫地让"彻底、完全失望"（凭"栏"的理由）的人悠闲漫步，最终，一点点地凑着韵脚，《视野》充满了最节省、最必不可少的语言，也是最"成功"的语言，这个语言关于

> 某夏那难以消除和潜在的记忆
> 已然远离了我，已然死去，迅速消逝。

但为什么在描述与诗歌之间或者可能仅仅是在散文与韵文之间，突然开启这样一个不可逾越的维度？为什么语言这两种形式（就像随着内部的崩塌，这两种形式被某个时间的空无给分开了，再也不能履行实存的时间）之间的联合断裂了？在这两个现在不可调和的端点之间，选择在更高处所描述的圆括号和韵文的交织，并在文本深处任其静默休憩，而诞生这个交织的描述从来都不显现，这又是为什么？

另外一个问题：《非洲新印》好像是在重复一个似乎

与之没有什么关系的作品，而它更没有像那另一部作品一样依据手法而构造，为什么这个文本如此高声自称《非洲新印》？达米埃塔①（Damiette）、在金字塔的波拿巴、罗塞塔花园②（Jardin de Rosette），甚至阿布马太（Aboul-Maateh）寺庙精雕细刻的圆柱，我不认为对于这些外围且转瞬即逝的追忆足以证成这样一个书名，与其说这个书名与非洲有关，不如说它与德兹的艾居（Ejur-sur-le-Tez）那些无与伦比的壮举有关。因此，建立《非洲新印》与（这个书名鲜明但未加解释地更新了的）旧印、与《视野》（作为依然是秘密的最初编撰的模式，只有鲁塞尔自己揭示过其近似的邻域）之间谜一般关联的到底是什么？有人觉得《非洲新印》同时重述了达鲁的加冕和白螺钿钢笔的阳光海滩，但是在一种保持神秘的模式下进行的，这个文本与《我如何写作我的某些书》对此都没有直接说明：建构秘密重复语词（完全战胜时间）的机器与细致描述一个取消了空间（在不可见的层面上可见）的世界之间隔开的距离如此之大，设想一个覆盖这个距离的重述话语，这谈何容易？

---

① 阿拉伯语：دمياط مدينة，又写作 Damietta、Damiata 或 Domyat，埃及达米埃塔省的首府，位于开罗以北约 200 公里，地中海和尼罗河的交汇点。——译注
② 阿拉伯语：رشيد（Rashid，亦称拉希德），又写作 Rosetta，埃及的海港城市。位于尼罗河三角洲西北部，距罗塞塔河口约 13 公里。建于 9 世纪，是地中海地区与印度贸易的重要中继站。——译注

《非洲新印》四个章节的外部边界包围着诸多可见性的细环。监禁圣路易（saint Louis）的房子大门打开了闭合于"破旧大教堂""原始环形大石垣"和"下方地面一直干燥的石桌坟"的第一道细环。一个浅黄色舌形柱则标出了第三道细环的门槛。我们已经知道最后一道细环是在哪个河岸、边坡和沙龙棕榈间流淌。第二道细环的明亮光环则如同整本书的图景：波拿巴的黑色小帽像被隐匿而昏暗的太阳，它所放射出来之光芒的荣耀让埃及及其"夜晚和苍穹"都黯然失色。与最前面韵文就已经打开的圆括号的作用方式相同，这里圆括号以它们黑色的圆轮遮蔽了在眼镜镜片中给予的景观，只在诗歌周围留下一条明亮的流苏——这条流苏限制观看，以为之提供快速飞过的小鸟、圆柱在天上的侧影和消逝的天空。《视野》完全是以相反的模式构造的：在中心，公正无私的光明毫无保留亦无阴影地摊开种种事物；在周围——在这明亮的礼物之前和之后——形成一个圆形的雾环：眼睛让一切不成景观的事物滑入阴影，靠近透镜；在此，一切首先是灰色的，但观看像一盏自带光明的灯塔穿透玻璃球，底部则使画面清楚起来；沙滩的圆盘像沙子做的白太阳一样敞开。最终，也许耐心的手抖动了："玻璃底部的光亮逐渐减少，一切变得更暗了"。在《非洲新印》中，是太阳在外部并向中心的黑夜边缘迸射；在《视野》中，阴影像帘子一样分开，让光明从其发源地诞生。

　　正如透视的缺乏在《视野》中增衍了同质光明的效果，

雷蒙·鲁塞尔

形成具有同等光亮的诸多小室，而极度深层和迅速的透视则会产生相反效果，它使《非洲新印》的隐匿变得更为昏暗：接续的圆括号的开口朝一个看起来不可进入的逃逸点挖掘原初景观，每个断裂都让观看突然进入到一个有时在空间中强烈深陷的后景，直至前景句的最终触及物（但我们从来都不确定这个前景句是否如此）通过一个数量精确同一的层级将这原初景观带回图板右边的角落，在此，有片刻的曾经仓促照亮左边细柱廊的开头光亮。句子的强烈倾斜在文本朝向遥远中心的每个逃逸点上，都会强调这种逃逸。在《视野》中，句子是水平和光滑的；它们按照一个与景观及浏览这个景观的眼睛运动完全平行的平面展开；这些句子既无省略亦无捷径的敏捷，只是企图用最大程度的言词节省去联合所有可见形象中最少可见的部分；这涉及将事物与语词最恰切地缝在一起，在这个缝的动作中，敏捷与缓慢结合，匆忙与一种表面上的闲散结合，直线与曲线结合——有点像在服从与裁缝同样动作曲线的句子中所描述的裁缝动作： *170*

一块顶针

在她指尖闪耀；她用大拇指端

轻压将之移开

轻提，只是为了让

更活跃、更清新的，新空气，溜入其间

她同时手拿缝衣针在作品上

绘制其细腻可感的阴影

其各边模糊、漫溢；丝线

太短，无法延续，险些

突然断开；让丝线

脱针，一丝过强的推进

就足够；作品有优美的精细线条

丝线出自末端抽紧的柔软锁边；

线条皱起，温顺而柔韧，

频繁受控……

《非洲新印》的句子结构非常不同，这些句子乐于在它们的句法中构思使用这些句子并常常打断这些句子的包裹手法——这些句子也因此像是形成整个文本的微缩模型。例如，当赋予台球杆以生命的动作（鲁塞尔称之为"击球者手法"）惊讶于永远只能打中两个白色普通的象牙球时，这就是必然会提出的问题：

这个台球为什么骄傲

跟它一点关系没有，这穿红衣的球。

171   这个被掩盖的问题表明：意义与事物是被多么小心地包裹在既简练又隐喻的语言中，语言骄傲地为事物穿衣，就像那红色的台球。物件从来不是如其所是、如其所在地被给予，而是以其最极端的广延表面来描述的，而这是通过一个遥远和次要的细节来完成的，这个细节通过指尖对物件的指认，而将它们留在一个灰色的圆括号内部，虽然我们可以通过一个多少迷宫式的途径抵达这个圆括号，但这些物件自身从来不会从圆括号中走出来：肥皂只在两种形式中才提供其滑溜的身体（我们还记得，佛卡尔的肥皂非常机灵地显现了肥皂的一流品质、简单形式以及既逃逸又顺从的存在）——一个是在换喻形式中："助力去垢之物让浴缸模糊"；另一个是在隐喻形式中："受鼓舞（chauffé，被加热）的下级会听的话"。我们看到达鲁的黑人臣民在达鲁那些无与伦比的囚犯们周围蹦跳，所有羽毛都在外面，就这样，达鲁变成一个"戴羽毛的烤人肉者和弓箭主"。如果人们不想将**天堂**看成是一个"恶臭的炉顶"，那它就是一个"产生守规矩合唱者的充满鲜花和居民的高处居留地"。因此，对事物的指称在事物的周边散开，仅仅释放出一个光明和神秘的圆圈，这个圆圈围绕着一个晦暗的圆盘旋转，在这圆盘中，简单存在被正当语词掩盖。语言变成环绕的、包裹式的；它在遥远的周边匆忙游历，但又被一个从未被给出、永远逃逸的黑色中心不停吸引——透视在语词之洞无限延伸，就像整个诗歌的透视同时在文本的天际和中心展现。

172

从《视野》开始，语言的构型就在绕轴旋转：在那里，涉及一个呈线性的语言，它慢慢从自身中流溢出来，并像规律的流水般将事物带到观看之下。在这里，语言以圆圈的形式被置于自身内部，将语言要展示的事物隐藏起来，让它打算提供给观看的事物避开观看，以一种令人眩晕的速度朝一个不可见的洞穴流淌，在这个洞穴里，无法企及事物，而语言在疯狂追逐事物中也消失了。语言衡量着观看与所见之间的无限距离。《视野》中语言的恩泽就是：微小者、混乱者、丢失者、错位者、几乎不可感知者（且直至最秘密的思想），都是在与可见者同样的清晰显现中给出的。《非洲新印》中的语言不规则、回旋和简练，其灾难就是：连最可见者都无法重返。尽管语言乘事物之势获得不可思议的速度，还是会有这种情况：美是这种存在论灾难毫无暂缓的加速速度，它有时在其轨迹上迸发出奇怪的闪光，这闪光与"朝向尘世的遥遥无期飞去的无知之箭"一样迅如闪电，像"秋逝后因黎明迟迟不来而顿足的公鸡"般难以亲近，如同献给"吮指入骨，玫瑰在握"的工蜂般卑躬屈膝，它们具有如此虚幻的光明以至于在它们的光芒下，我们会将"一群长期挺胸高立的骄傲马匹当作没有目标的海马乌合之众"。而所有这些匆匆一现的闪光在每个章节末尾都重新变成破灭、炭黑和神秘的碎片，彼此乱作紧张时刻的赋格曲之声：

> 从牌子上的母亲变成姐姐))
> 反复考虑驱动升降机艺术的见解)
> ——根、树干、枝杈、旁枝——
> 祖先的状态，磨损的大教堂……

雷蒙·鲁塞尔

在语言自身空间（语言所挖掘的空间和同时令人眩晕地呼唤语言的地方）的这个行程最后，语言重新回到表面，回到事物的坚实地面，语言可以像在《视野》中那样重新依据列举的通常路线展开：糙石巨柱，环形大石垣，埃及及其太阳、夜晚和苍穹，阻光叶丛，光线和水果。但这个重新找到的恩泽只持续了一瞬：它是某个语言缄默的开端（正如人所愿，打开又关闭），这个语言之所以言说，只是在徒劳地试图取消它与事物的距离。

在《视野》《音乐会》和《来源》中，诗歌基础的区域是一个有着充实、可见和平静存在的领域。在那里所给出的景观正是最为虚幻的可能景观之一（微小且被无形嵌入的图像，广告式画风，出自纯粹协定，在现实中毫无模板），它打开的是在表面纷乱的核心中一个完全石化存在的统治；诸运动是在时间上抽取出来的，它们从时间释放出来并在时间流上固化；浪尖在涌现的开端就是圆润的，从不爆发；一根棍子飞舞在不再落下的动作前沿；而在脱位手臂（总是已经挥舞出去而且再也不能收回）上方"充足了气、高弹和清晰的"气球像一个皮质太阳一样在发笑。表象的变动存在在岩石中凝固起来，但这个停顿，这个突然被竖立起来的石头形成了一个门槛，语言由此进入存在的秘密。由此，鲁塞尔不断给予系词"是"（être）以优先地位：它是动词中最中性的，但也最接近语言与事物的共同根源（也许是语言与事物

174

的关联；是它们之所是以及人们言说它们的基础；是它们的共有场所）："一切都是空无和荒凉的……；之后，是一堆巨石……，它们满是怪异，以一种令人惊奇的无序聚集在一起；沿岸所有这奇怪的部分是朴素、原始、未知和野蛮的。"而多亏系词"是"的神奇力量，《视野》的语言保持在一个描述性表皮的层面上，品质和修饰语使这个层面的一切变得五颜六色，但这个层面也与通过这个层面而变得可感的存在尽可能地接近。

相反，《非洲新印》的特点是动词惊人得少；其中有近二十页的列举找不到（除带有修饰作用的关系词外）任何具有人称语式的动词。就好像事物在某个空无中相继而来，而在这空无中，事物则被悬置在被遗忘的支撑和还未进入视野的边缘之间。每时每刻，语词都在存在的缺失中诞生，彼此相对涌现，独自相继：或对照成对，或以类似形式成双，或依据不适宜的接近、虚幻的相似、相同物种的系列等被归类。在《视野》中，存在给了每个事物其存在论意义上的分量，而现在，我们只能找到对立和类比、相似和不相似的诸系统，而存在则不翼而飞，变得暗淡且以消失告终。同一与差异的游戏——这也是重复的游戏（鲁塞尔在他的诗歌中整整齐齐地列出了无休止的清单，重复反过来也会沿着这个清单被重复），使《视野》所游历的存在的清晰队列黯然失色。黑色圆盘总是不变地遮住《非洲新印》四个章节中本应要看的事物，而且只允许每个章节边界露出一个细薄的光

　　　　　　　　　　　　　　　　　　　　雷蒙·鲁塞尔

带，也许这个黑色圆盘就像一个诞生重复的昏暗机器，并由此挖出一个吞没存在的空无，在这个空无里，语词加速追逐事物，而语言则朝着这中心的缺席无限坍塌。

这也许就是《视野》不可能重来的原因：在横向和平行的韵文中整整齐齐地排列描述已经在存在中失去固定居所的事物，这种做法已经被排除；语言从内部逃逸。正是因为这个逃逸并且为了反抗这个逃逸，才需要言说，需要在这空无中发动诗句，但这些诗句不是朝向事物（事物现在已与存在一起丢失），而是针对语言的追逐，并且是为了纠正语言，为了抵御这缺口而筑起堤坝——既是关闭的门槛也是新的开口。这就是鲁塞尔最后给出的巨大努力：为了以十二音节诗的形式整整齐齐地写出这个语言，即一个中心洞穴无休止地将之转向空无并从内部扭曲的语言。如果鲁塞尔用十二年的生命来写这五十九页（是《视野》的一半，与《音乐会》相当），这并不是说对于一个像鲁塞尔这样不知疲倦的作诗者，需要所有这些时间来为每个新的圆括号重新分配韵脚，而是说需要时时刻刻纠正自己的诗意语言被空无召唤而在语言自身内部滑行，（鲁塞尔揭露出的）**"新视野"**的失败就提醒了我们这个问题的出现。鲁塞尔将一只眼放在吊坠眼镜上，如果他没能看到事物好像自行沿着他那些十二音节诗排列，如果透镜模糊了，那是因为一个存在论意义上的断层产生了，因为《非洲新印》的种种重复既遮蔽又激发。

但正是在这里，《非洲新印》在重复之前的《非洲印》。

达鲁的囚犯在杜撰世界中寻求他们的解救，而这个世界则既被忠实的仿效拆分，又由于为达至精确复制而采取的措施而变得虚幻。**无与伦比者**舞台上的每幅巨画都是"回到同一"的奢华方式，也是由此逃脱那种娱乐、专横和残酷统治（在那里，艾居国王使其受害者处于奴隶状态）的奢华方式。我们在《非洲新印》中发现，那些静止的滩面被囚禁在外围句子中，更确切地说，这些滩面中唯一的运动就是不厌其烦地寻找从同一到同一的通道。而正像达鲁的白人受害者因为他们对等同物的卓越表征，最终获释并得以生还，《非洲新印》里**同一**的漫长单调旋律在向所见物和活物的独特性回返时自行消散了。列举在这里的作用就像其他文本中的装置和演出一样，但列举依据的是另一种花样：一种令人眩晕的列举，它无休止地累积，以便达到一个在开头已经给出但似乎在每次重复中都会后退的结果。

实际上，文本的种种圆括号被安排在众多阶段之中，在那里，个体或物件的各种不协调又吵闹混乱的队伍络绎不绝，它们之间有某种各自轮番显示出来的共同点：45 个物（或人）变小了的例子；54 个难以回答的问题；当我们要认出一个人，要认出他的特征、种族、疾病或身份时，七个不会搞错的标记。这些类似的滩面（让·费里称之为诸系列）构成了文本的主要部分：只有第二章不到二十分之一的部分除外，这部分仅仅描绘了为达至这些主要部分所需要的快速楼梯。初看来，选择让一整个混杂集市在这些滩面乱糟

雷蒙·鲁塞尔

糟登陆，这本身就让人难以应付：关于圣路易在达米埃塔的房子，为什么除了54个没有答案的问题之外，还要列举22个物件（这些物件就像给尼斯的居民一件大衣那样无用）和13个属性（爱慕虚荣的人喜欢在他们的照片上炫耀的那些属性，就像准游客炫耀爱斯基摩的行李手推车）？实际上，尽管《非洲新印》有种种圆括号的断裂和意图的永恒流逸，但（也许是通过这些和多亏这些）《非洲新印》还是以浮夸和说教论的明显融贯构造起来。一个同一性之论。

1）第一章开始于在门槛处唤起重新成为当下的过去事物，这些事物几乎没有因昨日的完全隔绝而与自身分离；它们的同一性一分为二，并同时在时间中重逢：见证，历史的伟大名称。接近自身的同一性之歌，但只有已然迷失在存在的远方，才能肯定其逼近的单纯。

179

a）第一片滩面（54个要素）：即使最直接的事物，是否能肯定它们是这样的或是那样的，是有用的或有害的，是真的或假的？贺拉斯能否知道"他独自一人，以何种速度逃跑"？他是否能够猜到年轻的作者"直到何时他的文字才能自费出版"（实际上鲁塞尔从不曾知道这个问题的答案）？混乱的同一性，矛盾事物的等同，未来和当下的秘密本身〔酒鬼是否知道"克利科（Clicquot）的酒瓶是否在跳华尔兹？"〕。

b）第二片滩面（脚注中的23个要素）：相反有性质不同的事物汇聚成一个准同一性，即使这些事物看起来相互矛盾，它们还是在这个准同一性中相互重复和相互抵消。我们能允许"他为了睡一觉摸黑准备卷发夹子""演讲者为聆听者准备麻醉剂"吗？事物的互逆否定在它们的差异中相互重复。

c）第三片滩面（13个要素）：当人让自己被表征的时候，他寻求用不会弄错的符号肯定自己的身份，希望他至少不会失去自己的这个身份：大富豪戴着他那光溜溜的宝石在摄影师面前摆姿势，干巴巴的赛马师（因为他没在跑马）"穿着肥大的带稀疏大圆点的鲜艳绸上衣"。在此，它们只是彼此显露着它们可笑的身份：一个空洞的自足，一个谎言。

关于历史所保留的名字，以及在后人面前仍然有名的姿态，让我们去看波拿巴和他的帽子，去看四千年的金字塔。如下：

2）第二章。这是有关变化的一章：形式的改变和永久性，时间中的流动性，矛盾的碰撞；但穿过如此多的多样性，事物难以理解地维持着原状。

a）第一片滩面（5个要素）：多少不同的物件才能复制一个带有非常多样意指的十字架图像？

b）第二片滩面（40个要素）：多少事物改变比例和缩小尺寸还能保持同一（从"被咬了一口就丢掉的芦笋"直到"巅峰已至，走向浮华的芭蕾舞女演员"）？

c）第三片滩面（206个要素）：在尺寸不同的物件中

（缝衣针与避雷针；盘子上的鸡蛋和得了黄疸病受过剃发礼的教士头颅），存在着形式的相似，它们可以欺骗着魔的观看。让·费里令人钦佩地解释了这个广阔的、常常是非常神秘的系列。

d）第四片滩面（28个要素）：同一个人的生命中或同一个事物的命运里尽是矛盾［科隆布（Colomb）给予一枚"平凡"鸡蛋的荣耀］。

e）第五片滩面（28个要素）：某些事物唯一的意图在其本身就是矛盾的［例如这个观念："无人能像欧南（Onan）那样懂得让有来有往原则先于一切"[①]］。

f）第六片滩面（2个要素）：某些成功从内部就已经被与之相悖的起源破坏了。

我们在人类的行为或信仰中完全都能找到这些矛盾的例子。这很自然地将我们带到以下迷信支柱的脚下：

3）第三章，"被舌头舔到流血的事物治愈了黄疸"。正如其标题已经指出的那样，这一章致力于事物之间的关联：

a）第一片滩面（9个要素）：事物相互补偿（僵硬的绳索和摆锤）。

b）第二片滩面（8个要素）：事物相互促进（皇帝背心里的手和皇帝大脑里的思想）。

c）第三片滩面（6个要素）：事物为彼此而生，就如牧

---

① 这里指在爱上。——译注

羊人与其羊群、捕蝇胶和苍蝇。

d）第四片滩面（脚注中的9个要素）：一个事物指示另一个事物，就像小酒馆的常客"在他大力平抛的明晰中"露出了马脚。

e）第五片滩面（6个要素）：真与假相连［一个作者可以出版关于非洲的**印象**，"不需要到达比阿涅勒（Asnières）更远的地方"，我们知道，鲁塞尔并非如此］。

182

f）第六片滩面（脚注中的6个要素）：当然也有独一无二的事物，它们不提供类比，证据就是"以金子替代毛发系统的某种公羊"。

g）第七片滩面（4个要素）。这个滩面相对前五个滩面也是限制性的，因为就像颠茄 ① 对有玻璃眼珠的人是无用的一样，将有些事物联系在一起是毫无用处的。

由此，这些事物时而唯一，时而双重，有时关联，有时孤立，它们的同一性和本质有时在自身之中，有时又在自身之外。就像第四章中尼罗河两岸的罗塞塔花园，与自身分离又与自身相似，一艘缓慢的小船在它们对称的统一体中切割着开放的果实。在那里，事物呈现为独一无二且与自身相像，虽然差异不断，但河流两岸如此接近，它们在水面之镜

---

① 一种茄科草本植物，西文名称 belladonna 源于意大利语 bella donna，意为"漂亮女人"，因为古代曾提取该植物果实成分制作女性散瞳的眼药水。——译注

上，就像彼此的倒影。但连接这些静止且对自身运动保持缄默的形象，并沉默地分离等同物两个边缘的小船是什么呢？这个小船如果不是语言那是什么？前三部分歌唱事物的碰撞和联合，第四部分歌唱语词的圈套和分割，歌唱语词在形成虚构但又不可逾越之统一体时所描绘的奇怪星辰。当我们用轻视等同物并提出另一种同一性（也许是唯一一个我们能够进入的同一性）的语词对等同物进行分区控制的时候，如何才能找到等同物呢？这是语言的星群之歌。（这里有一个假设：我不消除这样一个想法——也许是错的：罗塞塔的这些花园就是从前找到象形文字石碑的地方，这个石碑有以三种语言重复的唯一话语；鲁塞尔的小船在其中行进的这条河流就是这个坚固石碑的解毒剂；在这块石碑上，三个词想要说同一个事物；在语言之流中，鲁塞尔让仅自身就有多重意味的语词闪烁。）

a）第一片滩面（6 个要素），**适应**：剃掉羊毛的母羊不怕寒冷；栖架上的鹦鹉习惯了它的锁链。

b）第二片滩面（15 个要素），**熄灭**：炙热、狂热和欲望像火（即使是懦夫背后拥有的火）一样熄灭。

c）第三片滩面（脚注中的 3 个要素），**进步**：大炮在"歪斜的投石器"上、在马背和机车上的进步（麻雀的不和）。

d）第四片滩面（脚注中的 8 个要素），**自行预期**：当女孩无嫁妆时，求婚者就挖掘她被井底砾石飞溅的污迹。

e）第五片滩面（脚注中的 8 个要素），**树立目标**：混乱、非线性、纠缠的系列。能够确定的是"姑娘追求四轮华丽马车"、无足轻重的教士追求紫水晶（尽管话说回来，傻子都尽其所能不成为风雅之士的取笑对象）。

正是在这段致力于"目标"的段落中，鲁塞尔的语言达至最高程度的包裹，在第九层圆括号中，鲁塞尔抓住谈论沉默的机会：就好像整个话语的目标就在于此，微小的黑点在所有这些多彩和同心圆环的中心成为众矢之的；就好像需要如此多坚硬的甲壳来保护，并最终用这沉默的柔软内核来给予这闭嘴的"丰富时机"。

f）第六片滩面（脚注中的 20 个要素）：双义语词的列表，如污迹／肉饼（pâté）有"从钢笔尖不当溢出的墨迹"或"健胃用的颇具排场的圆模馅饼"的含义，蘑菇／轨头（champignon）有"混浊的食物"或"漂亮支撑"的含义。

坚持这个列举的极度重要性是没有用的。这个列举直截了当地引向《我如何写作我的某些书》的前几页及对手法的揭示。也就是说，这个列举悄悄地重新引向最初给出钥匙但又没有明说的《非洲印》。必须注意的是，在此段落中给出的例子都没有在身后文本中引用过（除了陈述被鲁塞尔多次使用的"白色／白人"的这个双重含义："发出尖锐刺耳声音的粉笔"和"开化之人");但我们很容易知道在此提到的这些词在哪些文本中发挥着它们的双重含义：钉子／最吸引人的部分（clou）和棍子／一万法郎（bâton）出现在两个青年时期的叙事中；后悔／修改（repentir）出现在《拿农》；闪光／长条糕点（éclair）也许用来击倒狄兹梅；革命／旋转（révolution）让整窝小猫都在歇斯底里的水母触须中打转（旋转／革命的小猫）；（片段形式的）下文／组曲组织了达鲁的游行；肥皂／斥责（savon）作为佛尔卡地址的转折；回声／传闻（écho）让史蒂芬·阿尔科特瘦骨嶙峋的一家齐声歌唱，就好像我们可以在"要挟"的纸张上读到的那些"传闻"。

这里不会搞错：在进行身后揭示之时，手法早已经被揭示出来了。穿过了如此之多同一与差异的漫长道路引向了这个对鲁塞尔来说最重要的形式，在这个形式里，事物的同一性彻底丢失在语言的模糊性中；但当我们用有准备的语词重复来处理这个形式时，这个形式的特长就是诞生一整个闻所未闻、不可能和独特事物的世界。《非洲新印》就是对过去事物的重复诞生——物与词在理论上和说教上的总和，这个总和必然引向这部从前作品的创造。《非洲新印》比《非洲印》要更年轻，因为它谈论的是《非洲印》的诞生。

g）最终，前两个滩面旁边的这最后一个滩面，难道不是非常微不足道吗？它是关于七只动物的成就并没有让它们感到骄傲：公羊对成为一只羊皮袋并不感到自豪。动物既不与我们刚刚引用的语词相似，也不与爱慕虚荣的人相似，后者是第一章中的问题：迷失的同一性之海洋在语言下打开。实际上，这最后的滩面并不完全是次要的：在话语将我们引向极度的尴尬和极端的对策那一刻，在页面底端有这个瘦削的、出乎意料的安慰（或眩晕），它们是纯粹的、沉睡的和动物性的意识，这些意识没有妄自尊大，保持着它们那天堂般的同一性，就好像当我们的小船和语言穿过、劈开那些一模一样的河岸、阻光叶丛、光线和水果之后很久，那些事物还保持着的同一性。

这就是这个专论的论证融洽：从回忆在一扇大门入口处以一系列既别样又同样的图像让当下震颤开始，在事物、形式、动物和人中追求同一性，在相似性之下围捕同一性，通过尺度与过度，在所有存在层面找寻同一性，毫不担心尊严、等级或本性，同一性最后在合成的形象中显现出来，在其他更为简单的形象中丢失，同一性到处诞生且四处逃逸。这是一个关于同一（Même）的宇宙论。这个诺亚（更为殷勤好客）的巨型方舟接收的不是繁殖物种的成对男女，而是给世界上最不相干事物进行配对的人，以便从这些事物中最终诞生它们安息的形象：唯一的魔鬼，与同一性不可分割。
倒转的生成，寻求追溯存在物的散布。其无止境的列举形成了即刻被剥夺的横向王朝，在那里，最出乎意料的联结徒劳地寻求创建同一的统治。而通过一个客观的讽刺效果，正是对这些平息了的企图的重复独自诞生了等同物的空洞形式，这个形式从不归属于任何确切的事物。就好像语言在其重复和被重复的基本可能性中，就能独自给出存在所藏匿的事物，而且这种给出只能在某种由此至彼的无休止狂热追逐中才能完成。《视野》所见（在其雕塑般静止中的事物）现在就只是转瞬即逝的过渡、不可见但永不停止的跳跃、在此与彼之间的存在空隙。而对于最后一章所依赖的这个语言本身，当这个语言说某个事物的时候，它完全也可以是在说另一个事物，而且是用同样的语词说，这使得通过最后的讽刺，这个语言既是重复的场所又是重复的可能性，这个语言在自我重复中并不与自身保持等同。因此，现在要在此寻找同一性的珍宝，不是在兽类缄默的朴实中，就是在语言的第九层级之外——在沉默之中；再不济，为了造出一个完美的独一无二的语言，还可以系统性地运用以同样语词言说双重事物的可能性。这就是《非洲新印》的语言在最后一章中打开的三种可能性。

　　《非洲新印》是某种致力于事物韵脚的词典：依据某种 188 存在论诗学的规则，书写所有我们能够聚集起来的事物之存在的诗歌，这个词典就是这些事物的宝藏。就像青年时期的叙事一样，在此，又一次涉及对这个空无和流动空间的探索，在这个空间中，所有语词在事物上滑移。但在那些重复句子构成的故事中，语词的模糊性在方法意义上失去了部分张力，以便在想象的纯粹状态中且作为想象的诞生之地，显现"比喻"的维度；现在这个维度显露出物与词的整个蠕动，物与词相互召唤、冲撞、叠加、逃逸、混淆或驱逐。就好像当涉及显现事物及其语言美好的可见秩序时，从今往后那空无的透镜就变得对所有这些灰色、不可见、流逝的形式（在此，语词在意义与图像间毫不缓息地灵活运转）具有无限的繁殖力。而《非洲新印》因此重新加入语法和修辞的经典论述：《非洲新印》似乎形成了语言比喻形象的一个广阔汇集："在发生意指借用的自然关系中，每当存在差异时，我们都可以说基于此关系建立的表达属于某个特定的比喻。"这就是杜马塞之前给予比喻的定义；这也正是对所有在鲁塞尔没完没了的系列中那些络绎不绝的形象的定义。

　　而这个"迷失的同一性之论"可以解读成对语言所有绝妙扭曲的论述：储备着反语（第一章，系列 a）、同义叠用（第一章，系列 b）、换称（第一章，系列 c）、譬喻（第二章，系列 a）、间接肯定（第二章，系列 b）、夸张（第二章，系列 c）、换喻（整个第三章）、误用和隐喻（第四章）。仅以第四章列举出双重含义之语词的脚注为例，这些词对于整个作品的生成都很重要：

　　　　闪电说的是：簇拥着爆裂声的天空之火

或者：小折刀从刀刃迸发的反射

然而，以下是我们可以在弗雷维尔 ① （Fréville）的《同音（形）异义诗》中关于同形异义的章节中读到的：

— 骰子（Dé）从使我富有或使我毁灭的摇杯中出来
　　顶针（Dé）用来缝缀，与阿琳（Aline）的可爱
　　手指非常相称
— 嫉妒（Jalousie）是一种最可耻的，唉，恶习
　　遮光帘（Jalousie）在阳台上让好奇者不高兴。
— 扣眼（Œillet）用来系带的小圆洞
　　石竹（Œillet）与玫瑰一起装饰我的花束
— 韵文（Vers）维吉尔的迷人诗句，雕琢自然。
　　蠕虫（Vers）啮齿动物，唉，还能成为你们的饲料。

所有这些例子都能在鲁塞尔那里找到；我甚至发现《独地》中的飞锤已经出现在费雷维尔那里，还有"贵族小姐 / 木夯"（demoiselle）的两层含义，再加上蜻蜓的含义（可能由此就有了马歇尔·康特莱尔铺路工具所具有的四个回旋翅膀）：

190

---

① 弗雷维尔，《同音（形）异义诗续同形异义词》，巴黎，1804。

—— 蜻蜓（Demoiselle）表示有四个翅膀的昆虫；

贵族小姐（Demoiselle），优雅的贵族小姐有绚丽的小花饰；

木夯（Demoiselle），铺砌街巷的工具。

鲁塞尔手上是否有费雷维尔的书或其他类似的书并不太重要。最重要的是通过这个不可否认的形式相近性，《非洲新印》显现为其所是：坚持不懈地追逐语言与存在的共同领域，借以让物与词相互指示和相互错过、互相背叛和互相掩饰的游戏盘点。在此意义上，《非洲新印》与鲁塞尔的所有其他著作相通：这部著作定义了所有著作置身其中的那个语言空间。但与此同时，《非洲新印》又与鲁塞尔的每个其他文本深刻对立：后者在相同语言的微小间隙中诞生叙事、描述、壮举、机器和演出，它们完全独一无二，注定要重复事物或自我重复，甚或重复死亡；诞生神奇和详尽的机制来包裹最令人震惊的相遇，直至使其自然而然；那是讲究客套的婚礼幻梦剧，在那里，语词之间、事物之间以及语词与事物之间订立了承诺无限重复的联盟。《非洲新印》寻求不可能的同一性，诞生了微小的诗篇，在这些诗篇中，语词相互冲撞、相互背离，充满相反的电流；在一两句韵文里，这些语词就能走完事物间不可跨越的距离，由此至彼建立将事物抛回彼此距离尽头的闪电般接触。由此，在有着种种奇怪形象的那一刻，涌现和闪烁出某种二级诗歌，在那里，在一个

雷蒙·鲁塞尔

瞬间的运动中，事物的间距（它们空洞的中间层）自我毁灭和自我重建。

怪诞混杂的诗：

— 某个闯入者凯门鳄靠近固定的太阳伞

  为了一只蜥蜴反对牛肝菌。

— 当它们头上没有狂风大作，

  开始下雪，堆积着的红鸡蛋

  我们给草莓加糖。

— 为了一根睫毛

  从温柔之眼逃脱的曲线，岩羚羊

  的一只黑角。

— 适于不死者肩膀的水管

  钻入一根长头发

没有相遇场所的诗：

牙齿可怕隐蔽处的

赤裸水球

— 一只无所事事的蜘蛛勘探着一张拖网

— 手绢儿丢给了那个女奴。

— 一支雪茄化为烟蒂，

  海王星天空中的太阳轮盘

— 被缚的普罗米修斯在高加索，

　　　　米歇尔妈妈的猫被宠溺随后被煮熟

　　— 新手的赤裸指头，

　　　　用于葬礼装饰的大梁。

　　具有严格语法布局的诗模仿一次恣意的偶然：

　　　　当暴风雨降临被统治者，凝视它，

　　　　并倾听它，以便光明不再为声音插翅。

　　而在语词这毫不缓息的撞击中，有时会有一些命运出其不意完美的奇怪图像，如下：

　　　　恶极其幸运地摧毁了陀螺们

　　或另一个关于喉咙的图像：

　　　　红色落日构成的洞穴门拱

　　　　有独一无二的钟乳石。

　　曾经构造艾居或**孤独之所**种种装置的材料，未经雕琢地交出了所有这无穷小的诗意；没有漫长机械性话语的建筑，砾石和碎片在此直接从矿山中迸发，散布物与词的混沌，而这混沌正是一切语言开始的地方。鲁塞尔的著作曾经

193

雷蒙·鲁塞尔

让这些神奇矿物在其话语深处沉睡，现在，这些矿物成为可见的，在表面铺开，成为被归还的始动[①]（inchoatif）语言的宝藏。在面具与面孔、表象与现实之间，直至在语词含糊不清的厚度中所发现的空无，本应盖满很多空幻和谨小慎微的形象，却显露出亮片状麇集的财富：在短暂瞬间，在夜的深处，在词与物大胆的"有意误读[②]"（clinamen）上诞生的财富。在那里，在这些难以察觉的词形变化中，在这些极其细小的撞击中，语言发现了它的比喻空间（即旋转和迂回的空间），诗意找到了它的潜力，想象找到了它的以太。鲁塞尔用以说明《非洲新印》的最后一个图像就是在一个黑暗的空间中表现布满星星的天空。

再说两句。就像文本本身告诉我们的那样，艾居的节日正是"无与伦比者的盛会"（无与伦比者实际上是那些因犯和他们的黑人朋友，因为他们通过一切方式如实地恢复事物无断层的同一性，他们的这个才能是独一无二的）。然而，《非洲新印》如果不也是一个无与伦比者的节日——语言从一个事物跳到另一个事物、让事物陷于对阵状态的那令人起

[①] 原文为 incohatif，法语中并无此词，疑为 inchoatif 的误写。——译注
[②] 此词出自伊壁鸠鲁和卢克来修的理路，指原子自发偏移并相互发生碰撞形成宇宙。当代西方把弗洛伊德理论运用到文艺批评的代表人物哈罗德·布鲁姆（Harold Bloom）用这个概念指诗人"偏移"前驱者，即有意误读前驱者的作品。——译注

舞的欢乐，使得事物的无与伦比性到处迸发出短路、爆竹和火花——，那《非洲新印》还能是什么呢？无与伦比者、闪闪发光者、不可胜数者散布在让它们靠近又让它们保持分离的语言空无中，这就是在《非洲新印》的天空中来来往往的形象。

《额头上的星星》与《太阳粉尘》两部戏剧是在《非洲新印》的艰难创作过程中写成的，它们像打开了一个圆括号，我们在此重新发现这最后著作的形式本身，尽管这两部戏剧还是服从手法。《额头上的星星》构造得像一系列类比：列举朴实无华的物件，而这些物件显赫的出身使它们与被玷污的荣耀对立起来，这些被玷污的荣耀在第三章的一个脚注中展现出来：在这简短的脚注面前，整部剧就像一片无限展开的滩面。《太阳粉尘》构造得像楼梯走道，下至宝藏的无底深坑，这些走道如同某种彼此嵌套的圆括号（如果我没算错的话，有三次九层嵌套）。可以说《太阳粉尘》的链条引向一个与诗歌倒数第二滩面所揭示的秘密（即**手法**）等同的秘密吗？也许，无论如何，这个链条用三重圆括号撑起的立方体所包围的并不是某种被禁止知识的奇观，而是其自身语言的可见形式。

雷蒙·鲁塞尔

第八章　被幽禁的太阳

——让内说，这是个可怜的微不足道的病人。

——这句话没什么意义，且来自一个心理学家。

——如果鲁塞尔自己没有参与到同样的言论中，说实话，这句话不会有任何结果。

——想想鲁塞尔的病以及让内的照顾，只有通过迂回到一种只有历史才会注意到的冷漠中，鲁塞尔才会进入其中；鲁塞尔是把《从焦虑到狂喜》当做一个遥远和次要的文档来引用的。身后揭示的第一人称叙事，已然与在书籍计划中（也许还包括在语言的僵硬中）凸显出来的第三人称一样冰冷……

——对于在《我如何写作我的某些书》中言说的"我"，在其所说出句子的核心处，的确有一个过度的疏远将这个"我"置于与"他"同样遥远的地方。也许更远：在某个"我"与"他"相互混淆的区域，在那里，自我的揭露将这个一直言说且总是保持同一的第三者发掘了出来。

——死亡的至上权力已然在施行。鲁塞尔已经决定消失，他安置了向他人显现他实存的那个空壳。让内、种种危机和疾病没有比成功、失败、引人注目的表征、国际象棋选手的尊重和家人的光彩更重要。这是表面的调整、机器的外部，不是秘密地让时钟撞击的那个精确的时钟机制。

——我想鲁塞尔反而在这个已然僵化了其话语的第三人称中暴露出来。鲁塞尔向他的死亡开辟了一条狭长通道，这条狭长通道与康特莱尔在尸体中钻孔以便创造一条朝向生命的回返通道对称。鲁塞尔以自己的步伐，朝这个他者、朝这个可穿越橱窗另一端的同一前进。就像复活素一样，语言的冰冷将那些会无限重生的形象固定下来，讲述这从生到死重要事物流逝的通道。对于鲁塞尔庄严地传达出其诞生的作品，他指出这个作品与疯狂和痛苦的亲近关系，这个疯狂与痛苦应该就是作品合法性的污点（正如在《额头上的星星》的轶事中常出现的那样）。

——在鲁塞尔寻求给他的作品以"一点身后绽放"的时刻，他如何得以让他的作品向这毁灭性的接近敞开？为什么将一个在如此长时间里悉心保护的语言置于险地，并且要一直保卫这个语言所暴露的死亡？为什么在表露的时刻，如此突然地急转向这个对所有真相的谵妄？如果在这最后的话语中，疯狂与死亡之间是有关系的，也许这是为了宣告：必须用尽一切方式，就像鲁塞尔在巴勒莫的举动中所做的那样，让作品从写作者那里解放出来。

雷蒙·鲁塞尔

——在揭示的布局中，疯狂被给予的位置反而是中心的。看看文本是如何发展的：首先有手法的公之于世，然后是自传性叙事。在二者之间，鲁塞尔安置了三个圆括号：第一个朝疾病敞开，第二个关于儒勒·凡尔纳的伟大，第三个指出想象在作品中的至上角色。而圆括号在鲁塞尔那里与门槛有着本质性的相似关系，其特性就是同时打开和封闭。括号中所说的不是毗连的内容，而是决定性的内容。

——在此，这三重入口如果不是标志着语言的严格自治，那它还标志着什么？与外部世界关系的缺席（"我从未从我的任何旅行中为我的书提取任何内容"），语词及其机器以令人眩晕的速度所穿越的空洞空间（凡尔纳"提升到人类言词所能达到的最高顶点"），在其下显现出巨大耀眼空隙的疯狂面具。

——鲁塞尔从来不把他的危机说成是"世人眼中的疯狂"。他也并不从中摆脱。他多半是指出至少有时候他发现自己在危机中适得其所："几个月里，我体验到一种无比强烈的荣耀感。"他是太阳内部经验的中心，他在这个经验中心。鲁塞尔不把他的危机解读为他人的不理解，他将这个危机说成是一个光明之家，他现在无可救药地与之相分离了。这个球体，也许就是他在儒勒·凡尔纳的著作中感知到的那个球体，它让所有真实的太阳都变得可笑。鲁塞尔将这个球体悬挂在身后揭示的上方。

——当然，二十岁时的太阳经验不会在内部被体验为疯

198

狂。与这个经验相对立的是随即而来的、由《衬里》的失败引发的片断；那是一种"可怕暴力的冲击"，它引致随后"恐怖的神经疾病"。只有在这个主题下，疾病这个词才会被说出。我还注意到一个事实：关于马歇尔，让内提及鲁塞尔"四十五岁"时（那是鲁塞尔写作《非洲新印》的时期）的一个主题。然而，鲁塞尔从未谈及这个片断；鲁塞尔仅仅引用了让内引证马歇尔荣耀状态的那些段落，而不是展现最近现象的（大概在鲁塞尔自己眼里也是病态的）。只有质朴的最初太阳与作品结为一体。

——很难接受这些分割。事物形成一种没有缝线的织物。鲁塞尔在撰写第一本书的时期体验到了一种万有荣耀的感觉。不是对声誉的加剧欲望，而是有形的觉察："我所写的内容是围绕着光芒的。每行都以不计其数的类似物被重复，我是用发出火焰般光芒的数千笔尖来写的。"当书出版的时候，所有这些摊开的太阳都熄灭了；喋喋不休的火焰般光芒被黑色墨水吸收；而在鲁塞尔周围的这语言，曾经像神奇之水一样从其最小音节的深处闪闪发光，现在消散在一个没有观看的世界："当这个年轻人带着强烈的情感走到街上，发现人们对他的经过并不会回头，荣耀和光亮的感觉突然熄灭了。"这是忧郁的黑夜，然而光明还在继续远远近近地闪耀（就像在一个晦暗中心，这个中心取消了距离，并让这些距离无法越过），按照所有作品居于其中的那种暧昧，让人既眼花缭乱又难以察觉；也正是在那里，死亡的决定本

雷蒙·鲁塞尔

身诞生了，为了仅此一跃重抵那神奇之点：黑夜之心与光明之家。鲁塞尔的所有语言都停留在这个虚妄和执拗的空间中，它给予光亮，但在远处；它任光亮流露，但又让光亮奇怪地封闭于自身，在其多孔的实体中沉睡；它任光亮在一个其无法穿越的黑夜之遥发出光芒："对这个发自内心的太阳的感觉，我再也没能重新找到，我寻找它而且我一直在寻找它……我是怀念维纳斯堡的唐怀瑟（Tannhäuser）。"在此运动中，没有什么能够置身其外。

——这个运动（或其诸多曲线之一）与某种疾病巧合，这是一回事。鲁塞尔的语言不断试图消除将他与起源之太阳相分离的距离，这是另一回事。

——我不想在此重新导向那个被不知疲倦地重复的问题。但我寻求知晓是否真的没有一个被牢固隐藏的经验，在那里，**太阳**与**语言**……

——这样一个经验，假设它是可以进入的，因此我们可以谈论它，甚至也许在此已然混杂的地面，疾病与作品被看作等同物。不稳定品质或主题时而被置于症状中，时而被置于风格中，时而在痛苦中，时而在语言中，在充满这些品质或主题的混杂词汇表中展开讨论，我们不难抵达某个适用于作品就如同适用于神经症的形象。例如，开放—封闭的主题，接触—不接触的主题，秘密的主题，被担忧、呼唤和预防的死亡主题，相似与不可感知之差异的主题，回返等同物的主题，重复语词的主题，还有很多其他属于强迫症词汇表、在作品中勾画出病态神经症的主题。很容易在鲁塞尔生命中每日固定的仪式中认出这同样的画面；鲁塞尔一生中只有一个早晨没有戴假领子，只有三次没有系领带，只有十五天没有系男裤背带；他经常禁食以防食物干扰他的宁静；他既不想听到人们谈论死亡，也不想听到人们谈论充满恐惧的可怕事物，这样的语词会传染疾病……让内说，鲁塞尔的生命像他的书那样构造而成。但如果有这么多相似跳入眼帘，那是因为我们为了觉察这些混杂的形式（礼仪、主题、图像、紫念）而将它们孤立起来，这些混杂的形式既不完全属于语言的范畴，亦不全部出于行为的秩序，而是可以在这二者之间相互流转的。从而不难指出作品与疾病是彼此交织的，少了任何一个都难以理解另一个。最精妙的说法是作品"打开了疾病的问题"，甚或"将疾病作为问题打开"。这个轮转在一开始就上演了：人们发动了一整个可疑的类比系统。

　　——当然有些形式的同一性在某种几乎可感知的明见性中给出了。康特莱尔在其孤独花园中建造尸体小室，鲁塞尔在母亲的棺材上打开一个小小的玻璃天窗以便让她能够在时间的另一端进行沉思，为什么我们拒绝从这二者中看到同样的形象：这冰冷的、毫无希望地呈现给不可能之复活素的生命。鲁塞尔在作品中对面具、伪装、复本、拆分的顽念，难道不也能与鲁塞尔很早就显露出来并给予了有点讽刺意味之重要性的模仿天赋联系起来？"只有在钢琴伴奏下歌唱，尤其是我作为演员或无论什么人进行诸多模仿的时候，我才真正有成功的感觉。而在那里，无论如何，成功是巨大的和公认的。"就好像只有在对自身的分割、在对他人的重复中，在面具与面孔间纤薄的空间里（当太阳还在时，那里就曾经诞生了《衬里》的语言），才能重新找到那独一无二的太阳，那曾经与语言结成一体的唯一太阳。也许达鲁的囚徒提供的所有神奇模仿正是回应了鲁塞尔的竭尽全力："他用七年时间研究他的每个模仿，当他独自一人的时候就在准备这些模仿：高声念出这些句子以便捕捉语调，仿效那些动作直至获得完美的相似性。"在这向他人的苦行式转化中，难道我们不能重新发现《独地》的小室里死亡的不停往复来回？鲁塞尔让自己死也许就是为了模仿这在他者中活着的别样生命；而反过来，通过在自身中替换他者，鲁塞尔向他者强加了尸体的刚性：模仿所具有的自杀和谋杀动作，让人想起通过语言的拆分和重复游戏，作品中有多少死亡的在场。

——但在所有这些之中，在文本与行为之间，除了相似性还有其他什么吗？这些形式从哪里来？它们是从什么大地上升起的？我们要在什么场所才能感知它们（这些形式而非其他形式），并且能确保不被欺骗？如果根据定义，作品与日常谈话含义不同，那么冲入文学语言的一个动作的痕迹，能够有什么意义？

——实际上没有任何意义。实存与语言没有共同系统；一个很简单的理由，那就是语言，且只有语言自己，构成了

203

实存的系统。正是语言与其所布局的空间构造了诸形式的场所。这里有一个例子：你们知道，如果鲁塞尔在装有橱窗的圆括号中给出死亡，他那是有意将诞生的秘密隐藏在迷宫中心。现在听听他对让内所说："当我们明知道禁止，还要在特定的小屋中实践违禁的行为，那么我们就会招致惩罚，至少会招致体面人的蔑视，这很完美。但当我们经过父母的同意，并假装保持纯洁，通过单纯地去看一个没有惩罚危险的公开演出，我们就能够去看裸体，我们就能够去看性高潮，这是不可接受的。一切触及爱的事物都是被禁止的，鲜有人口。"在这些言论与《额头上的星星》中悄悄闪耀的诞生之间，某种亲近关系似乎显露出来。我同意不应以其乍看来的样子来理解这个亲近关系。但在作品深处，更或是在鲁塞尔所制造的语言经验深处，我们看到一个空间被打开了，在那里，**诞生**被截去，成为独一无二和非法的裂缝，但也成为总是预支自身的重复；相对于死亡，**诞生**处于一个镜像的位置；**诞生**在生命之前给予生命一个有待重复的完成（échéance），但长久以来这个完成又是秘密的；**诞生**是时间自我折叠的迷宫，它那不可见的光芒在此黑暗核心不向任何人闪耀。这也是为什么这个诞生既在语言之外又在语言之后。语词缓慢地朝诞生溯流而上，但语词总是重复，诞生总是开始，语词会有抵达诞生的那一天吗？而当语词认为抵达诞生的时候，在这空无的滩面上，语词除了带来这呈现给重复的事物（即在死亡中反复重申的生命），还会带来什么

雷蒙·鲁塞尔

呢？诞生被语言的基本可能性排除在外，诞生应该也就是日常符号的诞生。

——因此，难道这不就是这个主题：性被小心翼翼地幽禁在某个仪式之中，而在作品中频繁出现的所有这些关于诞生的迷宫就源自这个仪式？

——某个语言进行加衬却又被拆分，这更是这个语言与其纯粹起源中的清晨之间的关系。诞生是一个不可进入之地，因为语言的重复总是向它寻找一个回返的道路。这个起源的"迷宫化"作为疾病［反性（sexualité）的防卫机制］的可见效果，如同作为某个秘传知识的隐晦表达（隐藏了诸身体可以从彼此诞生的机制）一样；它是语言的极端经验，这个极端经验宣告语言永远不是与语言所源出的太阳同时代。

——你们从这个经验中领会到什么？鲁塞尔的病态感觉还是其作品的内核？或者在同一个可疑的词中，这二者皆有？

——也许还有第三种领会。语言难道不就是疯狂与作品在其中相互排斥的那个空无和充盈、不可见和不可避免的场所吗？在鲁塞尔的第一部著作中，语言呈现为太阳：语言将事物交付观看，就像观看触手可及似的，但又是在一种如此耀眼的可见性中，以至于这种可见性隐藏了其所要展示的事物，用薄薄的一层暗夜将表象与真相、面具与面孔分离；语言就像太阳，正是这光芒切割、扯下纸板的表面，并宣称其

205

所言正是这复本，这单纯和简单的复本……这太阳般语言的暴戾，这个语言没有成为一个光明世界的完美球面，而是劈开事物以便在其中创建黑夜。正是在这个语言中，《衬里》找到了它的空间。然而，在这个时期，病态感觉是对一个内在球体的感觉，这个球体有着令人赞叹不已的明亮并力求散布世界；应该将这个球体保存在其恐惧的初级容量中，这样它的光线就算到了中国尽头也不会丢失：鲁塞尔把自己关在房间里，小心翼翼地把窗帘都拉上。语言追踪着将两个相反形象分割开来的线索：这里是克制的太阳，有在外部黑夜消逝的危险；那里是自由的太阳，在每个表面下激起一小片流动和让人不安的黑夜之湖。这两个对立的侧面就像从同一个必然性诞生了下面这个形象：被幽禁的太阳。幽禁，是为了不消逝；幽禁，是为了它不再拆分事物，而是在其自身的光亮深处给出事物：《视野》的透镜所扣押的囚犯正是语言—太阳，这个透镜在其循环的玻璃水缸中包裹着人、语词、事物、面孔、对话、思想和动作，一切都被毫不迟疑、毫无秘密地给予了；这也是在独一无二和被拆分的句子内部开辟的开口中，诸循环历史的静寂小宇宙。但这个时期，在作品中，为了某个至高观看能够穿过这个太阳，太阳被驯顺、"罐装"、有意打开并直至核心都是可见的；对于疾病，这是忧郁的时期，太阳丢失的时期，困扰的时期。语言太阳与《非洲新印》一起隐藏在秘密之中，但在挡住太阳的这个黑夜的中心，语言太阳变得不可思议得丰产，在其自身

206

之上、在节日花园的光明之中，诞生了机器和尸体的自动装置，诞生了出奇的发明和细致的模仿；在此期间，生命将之允诺为一个临近的彼世。由此，作品和疾病围绕连接它们的不相容性旋转。

——现在只剩下去看看这排斥中的补偿机制（作品负责在想象中去解决在疾病中和由疾病所提出的问题），因此，我们被带回让内，——然后是其他较弱的。

——除非我们在这个排斥中看不到本质上的不相容性，看不到这个什么也无法填塞的中心之洞。阿尔托 [1]（Artaud）在他的作品中所要靠近的也正是这个空洞，但他也不断地被这个空洞排斥：这空洞将他从他的作品中排斥出去，但他的作品也将他从这空洞中排斥出去；但阿尔托朝着这深入骨髓的毁灭，不停喊出他的语言，挖掘出一部作品缺席的作品。对鲁塞尔来说，这个空洞不无悖谬地正是那太阳：一个在那里却无法追上的太阳；它发出光芒，但所有光线都收在它的球体中；它使人炫目，但观看又能穿透它；在此太阳深处，语词升起，但这些语词掩盖和隐藏这个太阳；这个太阳是独一无二的，又是双重的，而且是双倍的双重，因为它既是它自身的镜子，又是它的暗夜背面。

——但这太阳式的洞如果不是作品对疯狂的否定，又

---

[1] 安托南·阿尔托（Antonin Artaud，1896—1948），法国戏剧理论家、演员、诗人，残酷戏剧的创始人。——译注

会是什么呢？疯狂对作品的否定？作品与疯狂的相互排斥（以一种比你们在某种唯一经验内部所能接受的游戏更极端的模式）？

——这太阳式的洞既不是作品的心理状态（这个观点没有意义），也不是作品与疾病共有的主题。它是鲁塞尔的语言空间，他言之所由的空无，作品与疯狂借以相互沟通和排斥的缺席。而我丝毫不会将这空洞理解成隐喻：这涉及语词的缺乏（carence），因为语词比它所要指称的事物要少，并且语词必须以此经济的方式来说出某事。如果语言与存在一样丰富，语言就会成为事物无用且静默的复本；语言就不存在。然而，如果没有命名事物的名称，事物就会留在黑夜之中。鲁塞尔体会着语言的这个发光的空隙，直至焦虑、强迫症——如果我们要这样说的话。无论如何，需要非常特定的经验形式（特别"异常"，即让人难以应付）来让这赤裸的语言学事实浮出水面：语言只能基于其本质性的缺乏才能言说。同样的词可以说不同事物、重复同样的句子可以有其他的含义，在这样的事实中（既是界限又是原则），我们体会到了这种缺乏的"游戏"（在此词的双重含义上来说）。语言的所有增衍性空洞，语言说出事物（一切事物）的可能性，语言将事物引至事物明亮存在的可能性，语言在阳光下制造事物之缄默真相的可能性，语言"揭露事物"的可能性，皆来自这缺乏的"游戏"；但语言通过对自身的简单重复而诞生言所未言、闻所未闻、见所未见之事物的权力，也

雷蒙·鲁塞尔

来自这缺乏的"游戏"。**能指**的贫困与节日，即是在过多和过少符号前的焦虑。鲁塞尔的太阳总是在那里，总是"失灵"，它在外部有衰竭的危险，但它又在天际闪耀，这个太阳正是语言的构造性缺乏，是语言的贫穷，是作为光明无限迸发之所的那个不可化约的距离；而正由此，在这本质性的间距中，语言命中注定被召来进行自我重复，而事物则荒谬地交错而过，死亡发出那奇怪的承诺：语言不再自我重复，但它可以无尽地重复那不再存在的事物。

——而现在，你们把整个作品归并为这个语言面前的"焦虑"统一体，简化为一个胆怯的心理学形象……

——我更想说归为语言本身的"不安"。鲁塞尔的"非理性"（déraison），他那些可笑的语词游戏，他着魔般的应用，他那些荒唐的发明，也许都在与我们世界的理性进行着交流。也许有一天，我们会觉察到一件重要的事情：对于我们不久前最终释放出来的荒诞文学，我们错误地认为这个文学是对我们状况（既清晰又神话般）的意识觉醒；然而，它只不过是如今所显露经验的盲点和否定面，我们得知缺乏的不是"意义"，而是符号——符号只有通过这个缺乏才能进行意指。在混淆着实存与历史的游戏中，我们只是发现了**符号游戏**的一般法则，我们的合理历史正是在这个法则中进行的。人们看到事物，因为缺少语词；事物存在的光芒其实是正在燃烧的火山口，语言在此崩塌。事物、语词、观看与死亡、太阳和语言，形成了一个唯一、紧绷和融贯的形象，即我们所是的那个形象本身。鲁塞尔在某种程度上定义了这个形象的几何学。他在文学语言中打开了一个奇怪的空间，如果这个空间不曾是文学语言的颠倒图像，不曾是对文学语言空幻、着魔和神秘的使用，我们就可以说这是一个语言学空间。如果我们让鲁塞尔的作品脱离这个空间（这是我们的空间），我们从中就只能认出荒诞的危险奇观，或某种秘传语言言说"其他事物"的巴洛克式装饰。相反，如果我们将鲁塞尔的作品放回原处（这个空间），鲁塞尔就会显现为他自我定义的样子：他是某种语言的发明者，这个语言只言说自身，这个语言在其被重迭的存在中绝对简单，这是语言的语言，将自身的太阳幽禁在其至高和核心的故障之中。这个发明并没有丢失，应归功于米歇尔·莱里斯，因为他在保留下来的鲁塞尔回忆中，在与《非洲印》和《独地》如此深度亲近的《游戏规则》中，两次传达了这个发明。但也许也需要在我们的文化中，以所有人的名义宣告一种经验，这个经验在一切语言之前，就感到不安并获得活力，感到窒息并重获**符号**的神奇缺乏所具有的生命。正是对能指的焦虑，使鲁塞尔的痛苦成为一种孤僻的发掘，它发掘的正是我们语言中与我们最为亲近的事物。对能指的焦虑让这个人的疾病成为我们的问题。对能指的焦虑让我们能够基于鲁塞尔自身的语言来谈论鲁塞尔。

　　——如此，你们要相信你们有理由拥有，如此多篇章悬而未决……

雷蒙·鲁塞尔

雷蒙·鲁塞尔作品译名表

Nouvelles impressions《非洲新印》

Locus solus《独地》

La doublure《衬里》

La vue《视野》

Impression d'Afrique《非洲印》

Poussière de Soleils《太阳粉尘》

L'Étoile au Front《额头上的星星》

L'Inconsolable《不可安慰》

Les Têtes de carton《纸板头》

Mon âme《我的灵魂》

Six Documents pour servir de canevas《用于提纲的六个文献》

Au clair de la Lune《在月光下》

J'ai du bon tabac《我有好烟》

Chiquenaude《弹指》

Nanon《拿农》

Une page du folklore breton《布列塔尼民俗片段》

Parmi les Noirs《在黑人中间》

Le Concert《音乐会》

La Source《来源》

Autre Guitare《其他吉他》

人名译名表

Adinolfa 阿迪诺珐

Albert Camus 阿尔伯特·加缪

Alexandre Koyré 亚历山大·柯瓦雷

André Breton 安德烈·布勒东

Andrée Aparicio 安德略·阿巴里西奥

Argonautes 阿尔戈诺特

Balbet 巴尔贝

Bazire 巴齐尔

Bedu 贝杜

Blaise Pascal 布莱兹·帕斯卡尔

Bob Boucharessas 鲍勃·布沙海萨斯

Camember 卡蒙贝

Carmichaël 卡迈克尔

Claude Le Calvez 克劳德·勒·卡尔维

Claude Lévi-Strauss 克劳德·列维-斯特劳斯

Clicquot 克利科

Colomb 科隆布

Danton 丹东

Dédale 代达罗斯

Djizmé 狄兹梅

Dumarsais 杜马塞

Ejur 艾居

Ethelfleda Exley 艾瑟尔弗莱达・艾克塞雷

Faustine 福斯丁

Félicité 菲丽西德

Fiodor Dostoïevski 费奥多尔・陀思妥耶夫斯基

Fogar 佛卡尔

Fortune 佛图那

François Caradec 弗朗索瓦・卡拉代克

François-Charles Cordier 弗朗索瓦-查理・高尔迪埃

François-Jules Cortier 弗朗索瓦-儒勒・科尔捷

Franz Kafka 弗朗茨・卡夫卡

Friedrich Nietzsche 弗里德里希・尼采

Fulcanelli 福勒卡内尼

Fuxier 佛希尔

Gaïzduh 尕依度

Gaspard 加斯帕德

Georges Bataille 乔治・巴塔耶

Georges Canguilhem 乔治・康吉兰

Gérard Lauwery 热哈德・洛维

Gilles Deleuze 吉尔・德勒兹

Gloannic 格罗安尼克

Goya 戈雅

Guillaume Blache 纪尧姆・布拉什

Huronne 于浩纳

Jacques Lacan 雅克・拉康

Jean-Jacques Rousseau 让-雅克・卢梭

Jean-Paul Sartre 让-保罗・萨特

Jean-Pierre Vernant 让-皮埃尔・韦尔南

Jerjeck 热杰克

Jouël 鞠埃尔

Joussac 儒萨克

Jules Verne 儒勒・凡尔纳

Lauze 劳兹

Lelgouach 勒古阿什

Leonardo Sciascia 列昂纳多·夏夏

Louis Althusser 路易·阿尔都塞

Louise Montalescot 路易丝·蒙塔勒斯科

Lucius Egroizard 卢修斯·艾格华扎德

Ludovic 吕多维克

Luxo 吕克苏

Lydie Cordier 利迪·高尔迪埃

Marcel Proust 马塞尔·普鲁斯特

Marius Boucharessas 马修斯·布沙海萨斯

Martial Canterel 马歇尔·康特莱尔

Maurice Blanchot 莫里斯·布朗肖

Max Brod 马克斯·勃罗德

Méphisto 梅菲斯特

Michel Leiris 米歇尔·莱里斯

Montalescot 蒙塔勒斯科

Mossem 莫森

Nina 妮娜

Pierre Janet 皮埃尔·让内

Pizzighini 皮兹基尼

Pletchaïeff 普乐查逸夫

Robbe-Grillet 罗伯-格里耶

Roberte 罗伯尔特

Roger Vitrac 罗杰·维塔克

Roland Barthes 罗兰·巴特

Roland de Mendebourg 罗兰·德·门德伯格

Roméo 罗密欧

Rul 鲁尔

Saribskis 萨里布斯基

Seil-Kor 塞尔-科尔

Sirdah 希尔达

Skarioffski 斯卡里奥夫斯基

Souann 苏安

Stéphane Alcott 史蒂芬·阿尔科特

Talou 达鲁

Tannhäuser 唐怀瑟

Tréze 特兹

Ubu 于布

Ursule 于尔叙勒

Ursule 虞荷素尔

Vascody 瓦斯科迪

Yaour 亚乌

术语译名表

accolade 大括号

accroc 裂缝

aléa 骰子游戏 / 风险

aléatoire 随机

antiphrase 反语

appareil 仪器 / 装备

articulation 连贯

béance 巨口

carence 缺乏

cercle 圆圈

cycle 循环

châtiment 处罚

chicane 曲折通道

configuration 构型

constellation 星群

crochet 方括号

dédoublement 拆分

dédoubler 拆除衬里 / 一分为二

démarche 路径 / 方法

désigner 指称

dédale 迷津 / 迷宫

雷蒙・鲁塞尔

détour 拐弯 / 绕道 / 转变

dévoilement 揭露

disposition 配置

double 复本 / 复制品 / 双重的

doubler 加衬 / 复制

doublure 衬里 / 替角

enveloppement 包裹

épisode 片断 / 情节

éponyme 起名

être 存在 / 生命

êtres 存在物 / 生命体

existence 实存

faille 断层

figure 花样 / 形象

féerique 美妙

hasard 偶然

histoire 历史 / 故事

identité 同一性 / 身份

image 图像 / 图景

impensé 非思

incomparable 无与伦比者

indication 指示

institution 机构

lieu 场所

machinerie 装置

mesure 尺度

mécanique 无意识的

même 同一

métagramme 变换一个字母的词形变化

métamorphose 变形

milieu 介质

mythe 神话

mythique 神话的

nature 自然 / 本性

naissance 诞生 / 出身 / 发源地

objet 物件 / 对象

page 片段

parenthèse 题外话 / 圆括号

paroxysme 极点

passage 段落 / 过渡 / 通道

pathologique 病态

paysage 景象

perspective 透视

plage 滩面 / 沙滩

présence 呈现 / 在场

procédé 手法

punition 惩罚

rapprochement 比照

rébus 难以理解的暗示 / 字谜

récit 故事 / 叙事

redoublé 换衬里 / 加倍 / 重迭

redoublement 重叠

réplique 复制品

représentation 表征

reproduction 复制品 / 再现

révélation 揭示

ressemblance 相似性

résurrectine 复活素

scène 场景 / 舞台

sens 含义 / 指向 / 意义

séquence 序列

seuil 开端 / 门槛 / 入口

signe 符号 / 征象 / 迹象

signifiant 能指

　　　　　　　　　　　　　雷蒙·鲁塞尔

signification 意指

signification 意指 / 意义

souveraineté 主权 / 至上权力

spectacle 演出 / 景观

transgression 逾越

tissu 组织 / 织物

verbal 言词的

versification 诗体

végétation［年轮］生长

vision 意象

vitalium 生命体

图书在版编目(CIP)数据

雷蒙·鲁塞尔/(法)米歇尔·福柯
(Michel Foucault)著;汤明洁译. —上海:上海人
民出版社,2023
书名原文:Raymond Roussel
ISBN 978 - 7 - 208 - 17247 - 0

Ⅰ.①雷… Ⅱ.①米… ②汤… Ⅲ.①雷蒙·鲁塞尔
-文学研究　Ⅳ.①I565.064

中国版本图书馆 CIP 数据核字(2021)第 144654 号

责任编辑　赵　伟
封扉设计　朱鑫意

雷蒙·鲁塞尔

[法]米歇尔·福柯　著

汤明洁　译

出　　版　上海人民出版社
　　　　　(201101　上海市闵行区号景路 159 弄 C 座)
发　　行　上海人民出版社发行中心
印　　刷　上海盛通时代印刷有限公司
开　　本　850×1168　1/32
印　　张　7
插　　页　5
字　　数　128,000
版　　次　2023 年 4 月第 1 版
印　　次　2023 年 4 月第 1 次印刷
ISBN 978 - 7 - 208 - 17247 - 0/I·1979
定　　价　48.00 元